U0476091

丛书策划

中国博物馆协会文学博物馆专业委员会

专家委员会

王秀涛　乐　融　刘东方　周立民　黄乔生　傅光明

文学时空漫步

人生长恨水长东
——山水之间的张恨水故里

谢家顺 著

中国书籍出版社
China Book Press

图书在版编目(CIP)数据

人生长恨水长东：山水之间的张恨水故里 / 谢家顺著. -- 北京：中国书籍出版社, 2024.6
ISBN 978-7-5068-9891-1

Ⅰ.①人… Ⅱ.①谢… Ⅲ.①散文集—中国—当代 Ⅳ.①I267

中国国家版本馆CIP数据核字(2024)第102069号

人生长恨水长东：山水之间的张恨水故里

谢家顺 著

图书策划	武 斌
责任编辑	成晓春
责任印制	孙马飞 马 芝
封面设计	东方美迪
出版发行	中国书籍出版社
地 址	北京市丰台区三路居路97号（邮编：100073）
电 话	（010）52257143（总编室） （010）52257140（发行部）
电子邮箱	eo@chinabp.com.cn
经 销	全国新华书店
印 厂	北京睿和名扬印刷有限公司
开 本	787毫米×1092毫米 1/32
字 数	200千字
印 张	6.5
版 次	2024年6月第1版
印 次	2024年6月第1次印刷
书 号	ISBN 978-7-5068-9891-1
定 价	59.00元

版权所有 翻印必究

目录

代序：走在「山」「水」之间 / 001

少年才俊 / 021

新闻生涯 / 059

创作成就 / 103

人生情怀 / 123

永远「恨水」/ 153

附 张恨水小说文化传播学解读 / 181

后 记 / 198

代序:走在『山』『水』之间

天柱峰

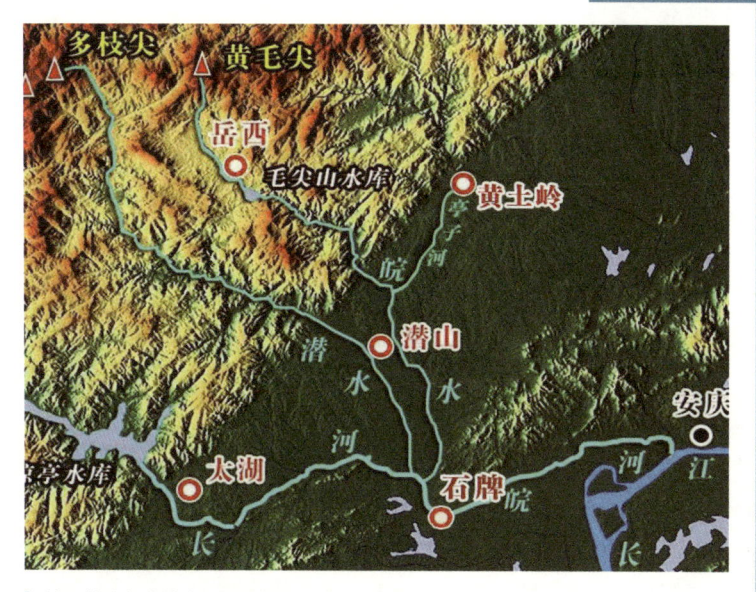

从天柱山发脉的水系流入长江图（徐玉婷绘图）

当我们打开地图就会发现，在北纬30度上有一座山——天柱山。其最高峰为天柱峰，峻拔高耸，一柱擎天，四周群峰环拱，有深藏于层峦叠嶂之感，故名"天柱山"、"潜山"。春秋时期，这里为皖伯大夫封地，故又名"皖公山"（安徽省简称"皖"由此而来）、皖山、万岁山、万山等。天柱山为大别山山脉东延的一个组成部分（或称余脉）。而围绕天柱山左右的则是蜿蜒逶迤的两条河，一是潜水，又名潜山西河，俗称前河；一是皖水，又名潜山东河，俗称后河。潜水、皖水在怀宁县石牌镇附近先后交汇形成长江支流皖河，由安庆进入长江。

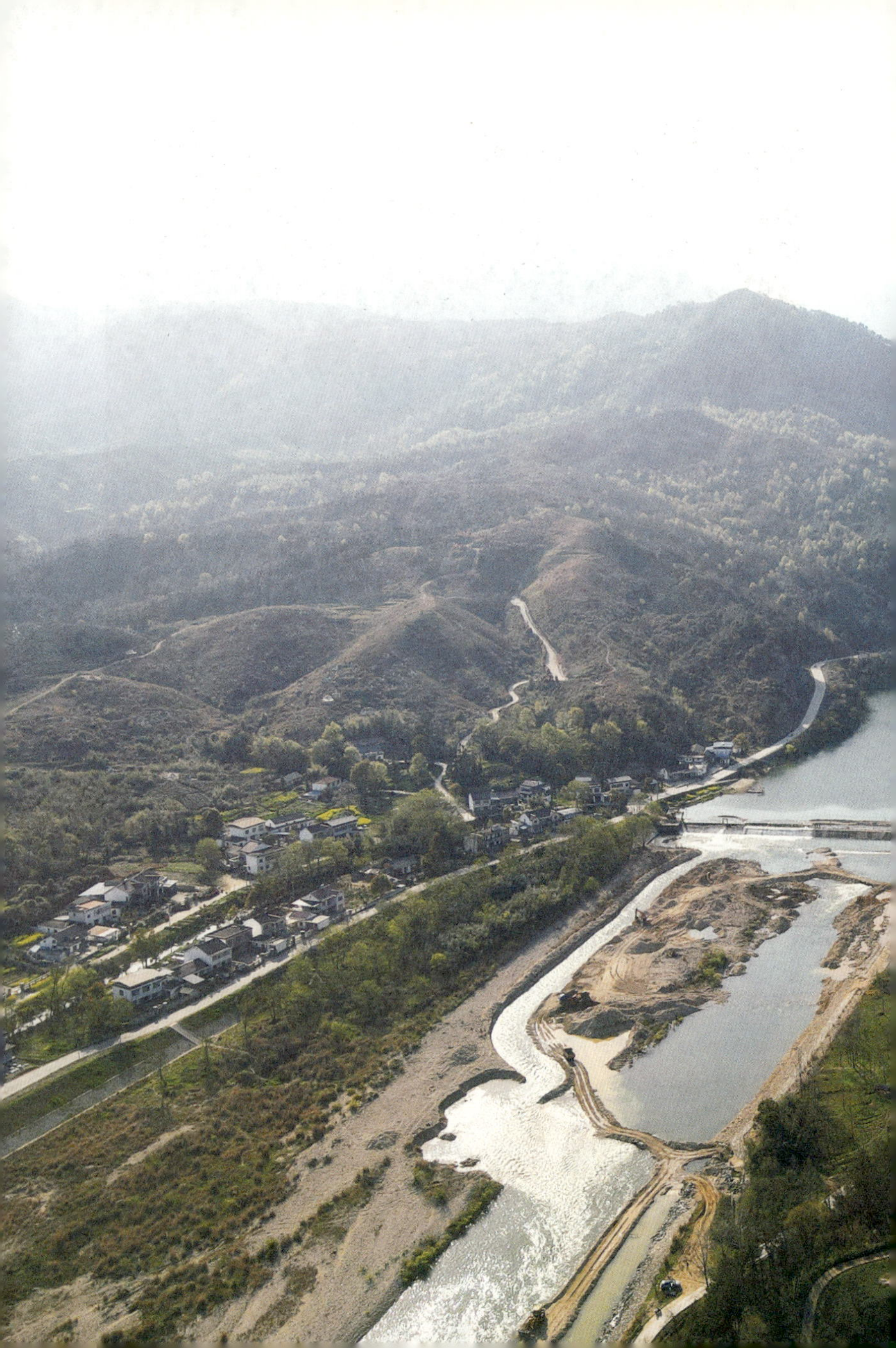

皖水　张国斌　摄

这种独特的地理风貌，形成了悠久深厚的古皖文化，而潜山市城区就坐落在潜水、皖水流经的丘陵与平原上。张恨水就是这块沃土孕育出的一位杰出文化名人。"山（天柱山）""水（张恨水）"就理所当然地成为这里一张亮丽的文化名片。

1937年12月，南京陷落前夕四五日，张恨水创办的《南京人报》被迫停刊。此前，张恨水因病赴芜湖治病，之后经安庆回故里潜山处理家事并到县城小住，准备沿长江西进重庆。

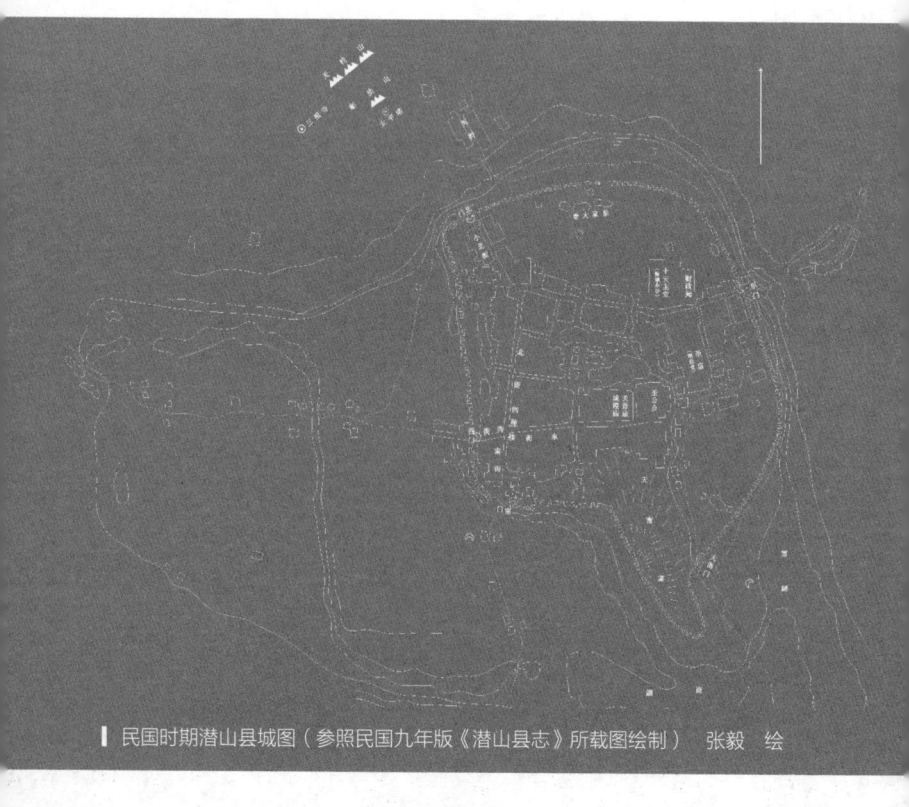

▍民国时期潜山县城图（参照民国九年版《潜山县志》所载图绘制）　张毅　绘

千年古塔太平塔

在潜山县（现潜山市）城期间，张恨水除养病会友外，曾与朋友一起游三祖寺，并应邀先后为梅城小学师生和潜山军政商学各界代表人士（圣庙明经堂）作《我们一定能取得抗日战争的最后胜利》两场演讲。

1938年初，身在重庆的张恨水撰写《登城》一诗，发表在1月22日的重庆《新民报》副刊《最后关头》上，全诗如下：

《登城》

去冬养疴故里，傍城而居。晨起，辄登城曝背，作日光浴。极目云天，愈增感慨。潜山古称南岳，峻削锥天，险于华岱。元明以后，名乃湮没不闻。其地渐近战区，固仍有用之地也。

曝背能医小恙平，悲笳声里辄登城。

昂头天外呼龙起，把盏风前当槊横。

岂有丈夫甘病死，可能亡国作书生？

潜山高瞰如相问，肯负人间好姓名。

诗歌回忆自己小住潜山县城时登城远眺天柱山之所见，借思念故乡表达了自己面对国破家亡现状誓死报国的满腔热血之情。

原潜山县城北城墙、太平塔、天柱山峰正好处于一条水平线之上，景色可观，登高远望一览无余。如今，在太平塔所处的皖光苑内，正是张恨水墓园，这也许就是冥冥之中的一种巧合吧。

张恨水墓

安庆元宁巷故居。左起谢家顺、张明明、张伍，2011年5月

墓园中那尊背倚天柱，手捧书本、凝目沉思，端坐藤椅之上的张恨水全身铜像，正好映照了张恨水《邻家杂诗》中"弥留客里无多语，埋我青山墓向东"的诗句。

张恨水对故乡潜山怀有深深的感情，以潜山人而自豪。他曾以"潜山人""我亦潜山人""天柱山人""程大老板同乡""梅城笑翁""潜山张恨水"等为笔名，以潜山的人事与风土人情创作小说《秘密谷》《潜山血》《前线的安徽，安徽的前线》《游击队》《疯狂》《天明寨》《现代青年》《似水流年》《孔雀东南飞》。此外，还写有大量怀恋家乡潜山的诗词和散文。

为永远纪念缅怀张恨水，弘扬张恨水文学精神，张恨水故里安徽潜山自20世纪80年代以来，即结合天柱山旅游开发，倡导人文旅游，打造"山"（天柱山）"水"（张恨水）品牌，成立了安徽

潜山县政府函

省张恨水研究会，专事张恨水研究。张恨水研究会先后召开十多次学术研讨会，开通了张恨水研究网站，极大地扩大了张恨水的影响力与知名度。

"潜山万笏又清虚，烟树人家绣不如""故乡料是卿先到，二字平安报母亲"（张恨水《悼亡吟》）。根据张恨水生前意愿，2012年，潜山县委县政府在县皖光苑博物馆的西侧新建了张恨水墓园，并在当年的金秋时节，举行了张恨水铜像揭幕及骨灰安放仪式。墓园坐北向南，背倚天柱山余脉，占地6980平方米。墓园内有张恨水纪念馆、墓室、铜铸像、恨水亭、心远亭及碑林等。从此，张恨水与家乡的雄山厚土融为一体。

此前，潜山县委县政府也曾多次致函张恨水后人，表达了对张恨水先生骨灰回归家乡安葬的迫切愿望。

张恨水纪念馆主展厅面积270平方米，纪念馆陈列分为"少年才俊""新闻生涯""创作成就""人生情怀"等部分。陈展在充分搜集相关史实资料的基础上，灵活运用光学效果、场景再现等多种形式，全面系统地展示出张恨水先生的生活历程、创作道路和作品影响，以及在国难当头之时，橡笔为枪的民族气节和爱国精神。序厅正中的恨水先生半身像与天柱山背景融为一体，象征他永远与家乡青山相依，与皖水相连，也表达了潜山人民对恨水先生的深切怀念。

▍心远亭　江晖　摄

墓园铜像揭幕

张恨水墓墓穴合墓

碑林 江晖 摄

恨水亭　江晖　摄

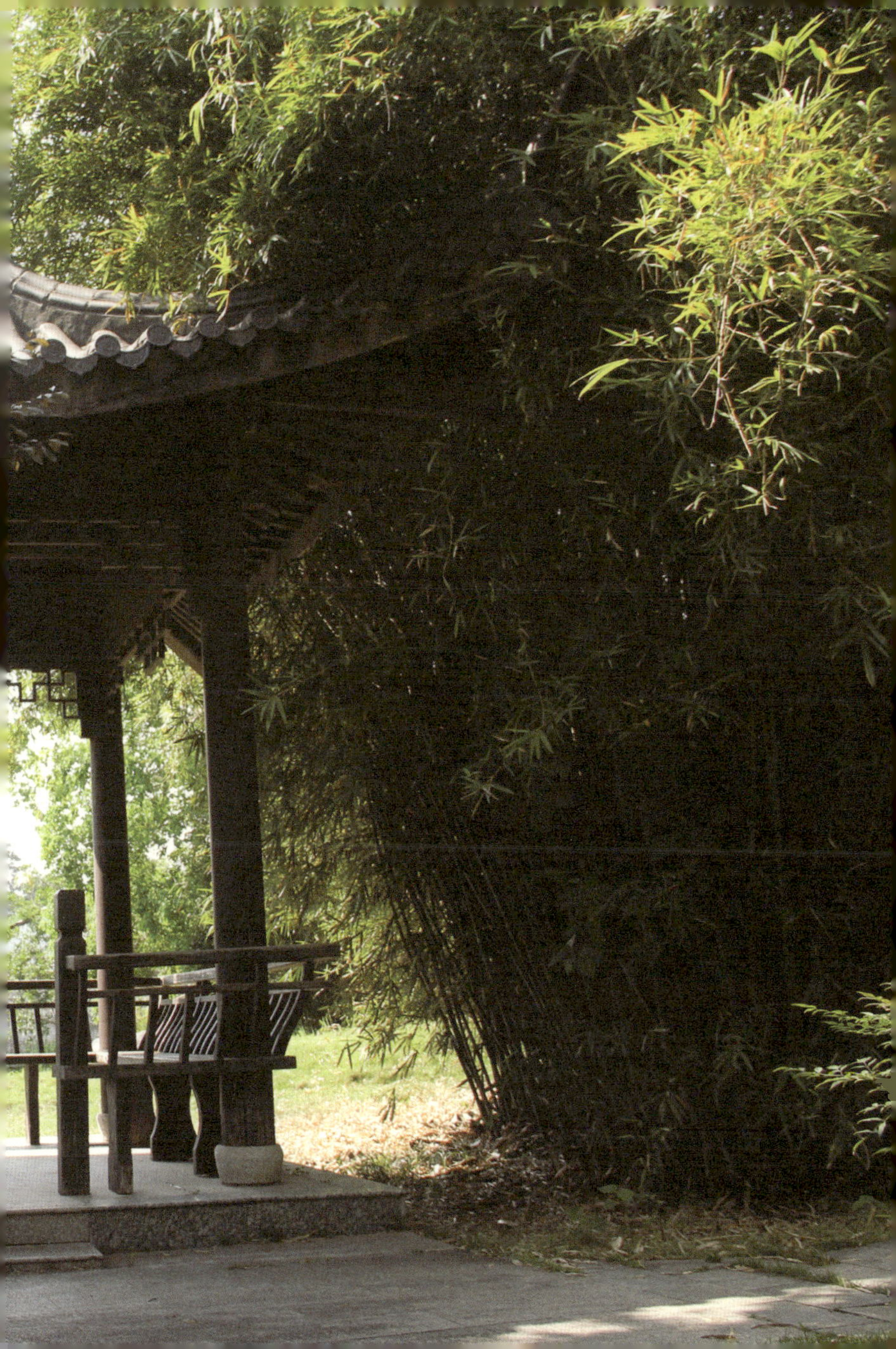

张恨水在养花

张恨水老年在书房读书写作

　　该纪念馆既是安徽省社会科学普及基地、池州学院教学实践基地，也是安徽省唯一的一座作家文学纪念馆。

　　位于恨水故里的潜山余井镇黄岭村的张恨水故居，始建于清代，为清军江西南昌协镇张兆甲（张恨水之祖父）旧居。原貌为砖木结构的四水归堂式皖西南民居，门前旧时为安庆至武汉官道，交通便捷，环境优美。张恨水青少年时在此生活、读书和写作。其中张恨水的书房被命名为"黄土书屋"，为后人激励青少年学习长进的"圣地"，抗战时张恨水全家在此避居。

张恨水坐像

张恨水纪念馆正门

在这里，有他童年时嗜学苦读的"黄土书屋"；有他少年时起飞文学梦想的私塾恩师；有他青年时创作的第一部章回体小说《青衫泪》……这里是张恨水文学创作的启航地，他从黄土岭走出，走向文坛，享誉全国。

张恨水半身铜像

张恨水在 1946 年 1 月 27 日南京《新民报晚刊》副刊《夜航船》上刊发的《旧日书堂》一诗，描写了他在抗战胜利后 1945 年底在安庆过春节与家人团聚时回忆儿时在潜山黄岭老街储氏祠堂读书时的情形，表达了对物是人非的沧桑之感。全诗如下：

老书堂外绿重重，百尺冬青老去浓。
几次分离君更健，一回新建一驼峰。
十年前到旧书堂，门外新平打稻场。
只剩老根龙样卧，太空苍莽对斜阳。
胜利归来不到家，故乡山泽有龙蛇。
慈帏告我伤心事，旧日书堂已种麻。

今天，当我们漫步这"山""水"之间，欣赏这如诗如画的美景，回想张恨水曾在此度过的昔日时光，品味其作品的内在意蕴，怎能不感慨万千！

少年才俊

当走进张恨水纪念馆，迎面而来的是一尊张恨水半身铜像，背后是一幅以天柱山为背景的大型山水画，这便是纪念馆的序厅——展示了张恨水与故乡山水相融的深远意境。

驻足其间，不禁令人增添一种了解张恨水那多彩的童年、漂泊的青少年求索时光的欲望——

修复后的江西黎川张恨水旧居 1

"在前清一代,我所得益之处有三个人,一个是金圣叹,一个是袁枚,一个是纳兰性德。"(《我的三位古文先生》,载1929年8月10日北平《世界日报》)

张恨水自小接受中国传统文化熏陶,从陶渊明到李煜,直至张问陶、袁枚、金圣叹、纳兰性德那儿汲取养分,形成了以"水"为意象的"愁绪"与"性灵"风格。

青灯有味忆儿时

张恨水祖籍安徽潜山，1895年5月18日在江西景德镇出生，17岁前基本上在江西的景德镇、上饶、南昌、黎川、新干三湖镇和安徽潜山生活。他先后就读私塾、南昌大同小学（新式学堂）、南昌甲种农业学校，后因父亲病逝，拟出国留学的梦想破灭。此时的张恨水主要读线装书，打下了旧学功底，成了小说迷，并进行口头创作。

武门之后

太平天国运动兴起，张恨水祖父张开甲（1838—1901年，63岁，兆甲，行三，字开甲，号校书，又号黎卿）被迫入湘军，后任职江西广信府，任参将（正三品）。高强的武艺（舞石轱辘如弄弹丸，筷子夹飞着的苍蝇，翅膀折断，身体完好）从《啼笑因缘》中关寿峰身上可见一斑。张恨水深得祖父喜欢，希望他长大后做英雄。于是闲暇时祖父便一腿站立，另一腿跷起二三尺高，命其坐上，颠簸摇动，以练胆量。祖父询问长大后想做啥，张恨水回答：愿学祖父跨高马，佩长剑。祖父很高兴，为此，专门替家中一只大山羊配制小鞍辔，又"砍竹为刀，削芦作箭"，差遣两名老兵带他在院中"奔驰""射击"，他"顾盼自雄，亦俨然一小将领也"（张恨水《剑胆琴心·序》，1930年8月版）。祖父高超的武艺对张恨水有很深的影响，成为他日后进行武侠小说创作的重要生活基础。

湘军是封建家族式的军队，官长的亲属往往就是下属。张恨水父亲张庚圃（1872—1912年，40岁，联钰，行三，名钰，号庚圃。自幼随兆甲在军营历练，文武兼修，后改行从政，济困扶危）从小跟着父亲，在行伍里磨炼，也练出一身好武艺（小说《北雁南飞》械斗场面的处理者李秋圃即张庚圃化身），大小打过四次土匪（小说《剑胆琴心》里有描写），保过五品军功。张庚圃只读过两年私塾，仅能看懂便条，改作吏，当税官，但为人耿直，能主持正义。

张庚圃知道时代潮流变了，大刀长矛在洋枪洋炮面前已失去了昔日的威力，不主张儿子去习武。因为自己学文未成，屈居下吏，深以为憾，他很希望儿子在科举正途上求得前程。

少年才子

1901年，因父亲任职景德镇，六岁的张恨水入蒙学。读《三字经》《百家姓》《千字文》，只是死记硬背，对书上的文字并不理解，但对文字的节奏声调有着特殊的兴趣。一天，蒙师出了个"九棵韭菜"的上联，张恨水想了片刻，即对出"十个石榴"。这个对子看似简单，对起来却并不容易，上联"九"与"韭"音同字不同，这么小的孩子能迅速想到以"十"与"石"相对，而且平仄工整，可谓已经入门了。

之后，张恨水开始对古书产生兴趣。有一天，先生和较大的两个学生讲书，讲的是《孟子·齐人章》。其中，齐人有一妻一妾的部分，齐人的大话引起他的悬念，妻妾的跟踪又加重了这个悬念，一直到悬念解开，真相大白。这不是故事吗？从此，他"对书开始找到了一点缝隙"。

此后，张恨水便和书结下了不解之缘，受老师喜爱，被乡人誉为"神童"。

与众不同读书方法

1907年,张庚圃到江西三湖镇作税官。父亲办事的地方是万寿宫,张恨水白天不回家,在万寿宫的戏台侧面,要了一段看楼,自己抹了桌子,布置了一间书房。他叫人抽去梯子,用小铜炉焚好一炉香,作起"斗方小名士"(仪式感)。

《左传》,作为儒家经典那层意义他不懂,但他"把它当故事看"。多年以后,他仍能记得《左传》上的字句,他把这归之于"是那故事性的文字引动我的"。

修复后的江西黎川张恨水旧居 2

有一部残本《聊斋》，是套色木版精印的，批注很多，他便在这批注上，懂了许多典故，又懂了许多形容笔法。例如，形容一个很健美的女子，他知道用"荷粉露垂，杏花烟润"。张恨水阅读中国古典小说不但吸收其中写人物的笔法，更深深地受到其中的许多人物气质、情调与氛围的影响。

因此，张恨水仿佛天生与小说有缘，养成了一种与众不同的读书习惯——读古文，不仅读原文，还读批注；读小说，不仅看内容，还看书评。我们由他这种阅读方式，可发现小说对于张恨水绝非普通人那样，仅是茶余饭后的消遣，而是一座奥妙无穷、终须一探究竟的精神世界。

小说迷

1905年，张恨水十岁，此时一个偶然的机会，他第一次接触到了一种新的文学形式——小说。此后，他就开始沉迷其中，一发不可收拾。这也对他后来成为大小说家产生了深远影响。

那年，张庚圃奉调江西新城县（今黎川县）任职，张恨水和四叔张联墨随父亲张庚圃同行。从南昌到新城三百多里水程，在船上，他从四叔的枕头底下发现了一本《残唐演义》，便如饥似渴地读了起来。到新城，父亲请的端木先生是个"三国迷"，书桌上总是摆着一部《三国演义》，只要先生不在，他就偷着拿着看。他觉得这部书比《残唐演义》更有意思："桃园三结义"时刘、关、张兄弟之间的义气使他感动；诸葛亮"借东风"的神机妙算，更使他入迷；猛张飞的故事，活灵活现，"当阳桥前一声吼，吼断了桥梁水倒流"，这意趣盎然的情节与氛围使他不忍释手，从此，张恨水"跌进了小

青年时期的张恨水

说圈",成了小说迷。

为了买书,张恨水开始积攒零用钱,甚至饿着肚子省下早餐费。十三岁那年,张恨水便开始口头创作无名作武侠小说,并讲给弟妹们听。这时,张恨水已经开始了最初的创作冲动。

双重性格

1909年,14岁的张恨水插入南昌大同小学三年级,接受新式学堂教育。周六平校长是一位具有新思想的人物,他常讥笑守旧分子,叙述满清政府腐败。张恨水因自幼受封建教育,思想守旧,也成为讥笑对象,深受刺激。于是,他开始读新书、看上海报纸,寻找新的思想之路。他意识到这世界不再是四书五经世界,小说里风流才子不适合眼前社会。这时,思想虽有变迁,但文学嗜好依然如故,看西厢,读庄子,学腾挪闪跌的文法。后张恨水考入南昌甲种农业学校,接触英语及自然科学课程,功课外,仍吟诗作词,把卷攻读。他读《儒林外史》、词章小说《花月痕》及《小说月报》林译小说[①],将讽刺手法、经典回目诗词、西洋心理刻画体会,变为文艺欣赏。

在南昌自立家馆里,张恨水深受东汉隐士徐孺子后代世为布衣,不应科举、不做官作风影响。"儿时昼入学校,夜归就塾师习国文。师徐姓,终日端坐无笑容,灯下相对,凛然读不敢少辍。但常旷课,每肩舆扶微醺而归。先父固敬其人,未尝有难色。后闻师徐孺子后人,家南昌城外七里街。自东汉以来,徐嫡系子孙,均躬耕郊外,即读书,以授徒终身,不入仕途,亦不应试,师旷课则以族中先生为人排难

---

① 清末民初著名翻译家林纾(字琴南)译述的西洋小说。

解纷，免兴讼也。予虽幼，读小说好慕隐士为人，因亦奇吾师……"[1]

因之，张恨水"这时本已打进小说圈，专爱风流才子高人隐士的行为，先生又是个布衣，作了活榜样，因之，我对于传统的读书做官的说法，完全加以鄙笑，一直种下我终身潦倒的根苗"[2]。因为学校和新书启发，张恨水认为自己是个革命青年，1911年武昌起义后，剪了辫子，又因为所读小说与词章，成了才子崇拜者，形成了双重性格。

命运转折

民国元年（1912年），江西督政府为造就人才，拟招考辛亥革命后第一批出国留学欧美的留学生。这一消息令张恨水神往。此时，张庚圃则认为，现在是西学时代，于是向张恨水提议，自费到日本去留学，但张恨水看不上日本，认为日本的学问是从英国学来的，不愿做再传弟子，要直接到英国去留学。

天有不测风云，这年秋天，张庚圃因急症在南昌去世。临终前，父亲向张恨水嘱托了家庭的重担。他向父亲保证：孝敬母亲，培养弟妹，尽一切努力支撑这个门户。至于这副家庭担子究竟有多重，未来的生活道路有多么艰难，尚未成年的张恨水这时还没有认真思量过，只知道他是长子，必须担起这副担子！

由此看来，张恨水在恬然安适的环境中度过了童年与少年，这种良好的环境不仅使他读了不少书，掌握了不少传统文化方面的知识，更体现在他由一个小说迷而非完全自觉地发现了自己的兴趣所

---

[1] 木木：《徐孺子后人》，载1941年3月9日重庆《新民报》副刊《最后关头》。
[2] 张恨水：《写作生涯回忆》，人民文学出版社，1982年6月第1版，第7页。

在、才能得以充分发挥所在,即进行文字写作。从小说创作的角度说,少年张恨水对中国传统小说的大量涉猎,极大地丰富了他的文字修养与写作技巧方面的修养。这种修养使得张恨水后来的小说创作文字功夫深厚,读来如行云流水一般令人倍感舒畅。此外,中国传统小说言情与批判现实这两大主要的情调与思想意向深刻地制约着张恨水的创作,并成为他创作的主旋律。

一部小说开启文学启蒙

1929年的农历春节前后,对于张恨水来说极不寻常——

1928年12月1日起,张恨水兼任了改组后的北平《朝报》总编辑(约半年)。

1928年12月13日至19日,东北易帜前,张恨水受北平《世界日报》、北平《朝报》的委派和沈阳《新民晚报》社邀请,首次前往沈阳(此前该报曾函邀张恨水写一部类似《春明外史》的长篇小说——笔者注)。29日,东北易帜,张学良被南京国民政府任命为东北边防军司令长官。

1929年1月24日,第一部有影响的成名作,历时近五年的长篇小说《春明外史》在北平《世界晚报》副刊《夜光》连载完毕。接着,1月25日至2月8日,中篇小说《战地斜阳》连载。2月15日至1930年11月19日,长篇小说《斯人记》连载。

随之,张恨水被张学良授予"东北边防司令部顾问"。3月初,张恨水应邀第二次前往沈阳,并以《榆关道中》一诗抒发当时心境:"一片风沙响,奔车抵故关。""一卧行千里,奔车十二时。"壮年成食客,乱世厌儒生。微笑无人识,萧然别旧京。""甘称牛马走,岂是栋梁才。流血酬知己,雄心莫尽灰。"[①]一句"酬知己",回应了朋友张学良的盛情。加上正在《世界日报》副刊《明珠》上连载的《金粉世家》(第712次,第十六回"红袖作黄衫量珠求凤,青灯盟白水解佩乘龙"),己巳年的整个正月(2月9日除夕之夜至3月10日己巳正月卅九),事业如日中天的34岁张恨水处于一种成就感之中,辞旧迎新之际,其内心愉悦之情当溢于言表。因此,自2月9日除夕之夜至2月18日,张恨水先后在《世界日报》副刊《明珠》发表《旧岁怀旧》(署名"恨水")(其中18日为《旧岁怀旧》,其他为《旧年怀旧》,共6篇),从六个侧面回顾了自己经历的往事。之后,1929年2月8日至23日沈阳《新民晚报》附刊《星期画报》、1929年3月3日至4月15日的《上海画报》又分别转载发表。其中2月18日的一篇,即以黎川老街及横跨在黎河、社苹河上的新丰、横港桥,以及闽赣交界处的杉关作为背景,回忆了黎川这一"梦里江南"。全文如下:

予前岁(1927年——笔者注)为天津某报(实为天津《益世报》——笔者注),作一万里山水雾烟记,中有杉关一节,今日言及旧事,犹如忆也。其文曰:芥子园书谱第四卷,所绘山楼水阁,巨桥水磨,于瓯闽间随处可得之。长桥大抵跨河而通山,桥正中建屋,敞轩而观四面。桥下临闸,以围大数丈之木轮,置闸口中。水自上头流来,激轮辗转如飞,浪花作旋风舞,至为可观。

---

① 载1929年3月22日《世界日报》副刊《明珠》。

北平《新民报》日刊

儿时，随先严客新城县。县为闽赣交界处，距杉关约六十里。是处万山丛杂，林齐深密，驿路一线，曲折于山水间。将及关，两峰夹峡下通马道，仅可并骑，出关俯瞰，势如建瓴。古人南征，以此为天险，信矣。

二十年来，百事都如一梦，唯山色泉声，偶然闭目，犹在几榻间。瓯闽春早，尔时灯节方届，隔河古道，柳条已作盈盈之态。乡人沿山道为圃，满种荞麦油菜，柳下淡黄微紫，可指而辨之也。涉笔至此，有"莫向春风唱鹧鸪"之感矣。

这一如诗如画般美景，正是1905年才十岁的张恨水有关黎川少年生活的记忆!

此后，在历经辗转上海、南京、重庆，重新回到北平二十年之后的1949年1月，54岁的张恨水在北平《新民报》上发表了长篇回忆录《写作生涯回忆》。其中，1月2日的《我没有遇上好老师》一节里又有关于少年时黎川生活的叙述：

十一岁（此为虚岁，实岁为十岁——笔者注），我和父亲到江西新城县去（现在的黎川县），家里请了一位同乡端木先生，教我和我的弟弟，还有一位同乡子弟。我正式开讲，我就了解所谓虚字眼了。但这并不是先生教的，还是由四书白话解那里看来的。这个时候，我自己有两个新进展，其一，是由南昌到新城木船上，发现

了一本《残唐演义》，我四叔读着，把我吸引住了，我接过来看下去。我已开始读小说了。上学以后，我父亲桌上，有部洋装《红楼梦》，印得很美，我看过两页，不怎样注意。而端木先生却是三国迷，他书桌上常摆一本《三国演义》。先生不来，我就偷着看，看得非常有味。这书，帮助我，长了不少文字知识。其二，我莫名其妙的，爱上了千家诗，要求先生教给我读诗。先生当然答应。但先生自己并不会作诗，除了教给我山外青山楼外楼，就是山外青山楼外楼而外，并无一个字的讲解。但奇怪，我竟念得很有味，莫名其妙的有味。

如果说前段文字是有关黎川的自然风光的话，那么这里就是黎川的文化对少年张恨水产生的潜移默化影响。

而大病之后，68岁的张恨水在1963年应全国政协《文史资料》编辑部之约，又提笔撰写了《我的生活过程》（未发表，后经多次修改以《我的创作和生活》为题发表于1980年第70辑《文史资料选辑》——笔者注）。在其手稿《我十岁读第一本小说》一节里是这样叙述黎川的：

我怎样叫着小说迷呢？我从十岁边上，省下我吃零食钱，几角几元，这样攒着，看看应该买什么书，就拿了那攒下的钱，跑上书铺子里去，买小说看。买得回来，就上（应是"往"字之误——笔者注）书箱里一放，将锁锁起。因为买小说，不能让父亲晓得的，要让父亲晓得了，他就会把书拿起走，先审查审查。那审查的结果，有的像《儒林外史》，有的像《三国志》，那也全书发还。有的就全书扣留，还痛骂一顿。所以我锁起来，等着无人的时候拿出来看。

035

尤其是夜里，大家睡了觉，那我就把帐子放下，把小板凳放在枕头边，回头洋烛点了，放在小板凳上，那我将枕头一移，把书摊开，就对烛尽看而特看。后来，我父亲知道了，每晚都要查上一查。父亲常说：看书虽然是好事，但夜里过了十二点钟，那应该睡觉了。还在床上点洋烛，这个，玩不得。你在床上点洋烛，这要是不小心，将帐烧着，那可是笑话。我母亲也对我父亲说：床上点洋烛，这是一个新鲜玩意。人家都说，小心火烛，你应当痛骂一顿。我父亲就说：他以后不点烛了。我母亲说：他看什么书，无非是小说罢了。我父亲说：他看小说，我知道的。以后叫他做小说迷罢了。可是小说我都查过的，

张恨水在赴新城船上阅读《残唐演义》（四幅插图均由江西旅游商贸职业学院阮刚毅绘图）

无非是征东征西而已，这都不要紧。我父亲这样一说，自然我母亲也不管了。以后两三只书箱全装满了，全是小说。有人看看我，有这些个小说，就问我是哪个教你看小说的呢？我说出了，大家就一笑。原来十岁边上，我父亲在新城县（后改为黎川县）。父亲接我们上新城县去，坐船走黎水直上，船上伙计老板一起四个人，遇到了逆风，四个人一起上岸背纤，老板娘看舵。在船上无事，就睡觉。可是躺下去抬头一瞧，这蓬底有一小本书，拿来一瞧，上面印着绣像小说《薛丁山征东》（与《薛丁山征西》等均属于《残唐演义》——笔者注）。原来是残本小说。我既无事，也就瞧上一瞧吧！谁知这样一瞧，就瞧上了瘾，我才知小说是这么一回事。这时我家里请了一位先生，这先生也爱看小说。他每次上学来，就带一本《三国志》。我等先生走了，就拿起《三国志》看。我后来在父亲桌上，有一本洋装的《红楼梦》，我随意看了几页，这书上正是造大观园一段，这时候，这书懒得看。我正要看打仗的书呀。

从文字中我们可以看到晚年的张恨水回忆起少年时期接触到小说这一新事物时的动人场景。

正是基于以上几点，笔者在2014年出版的《张恨水年谱》里对黎川作了如下描述：

> 年初（1905年），其父（张联钰）奉调江西新城县（现在的黎川县——笔者注）任职，张恨水随往，在家从一位同乡端木先生读书，一同就读的还有其弟啸空及另一同乡子弟。

这是一幢具有徽派建筑风格的两层小楼，建于19世纪下半叶，迄今已有150多年历史，历来为官署办公之地。黎川老街依河而建，码头众多，水运繁忙，而张王殿码头作为江西与福建两省交通的枢纽，货物集散之地，当时的官府衙门便在南津码头的渡口设置厘金卡（又称厘金局），征收木竹、盐税。张恨水父亲身为盐官，全家便居住在码头的公署之内。此旧居是国内唯一仍保存完好的张恨水旧居。民国初年曾改为县城最大的纸行，如今大门左侧的墙壁上，尚依稀可见"恒昌隆纸行"字样。

此时期，张恨水学业有三大进展：一是由《四书白话解》中对文言文虚字的作用开始有所了解。二是在由南昌到新城的木船上，发现了一本《残唐演义》，拿起来一看，便被书中复杂而离奇的故事情节所吸引。这是张恨水最初接触小说。端木先生也是个"三国迷"，"他桌上常摆一本《三国演义》。先生不来，我就偷着看，看得非常有味。这书，帮助我长了不少的文字知识"。从此，张恨水成了小说迷。三是张恨水爱上了《千家诗》，并请先生教他读诗写诗。这是张恨水接触古诗的开始。

因之,黎川是张恨水文学启蒙之地,是张恨水为之向往的梦里江南:第一,少年张恨水在黎川第一次接触小说,引发了对小说的阅读兴趣;第二,在黎川第一次对文言虚词有了了解,并在黎川开始接受中国古典文学教育;第三,在黎川第一次爱上了《千家诗》,为后来爱弄词章奠定了基础;第四,黎川张恨水旧居是全国唯一保存完好的旧居,具有特殊的历史文化价值。

苦读自修扬帆文学启航

1993年中国社会科学出版社出版的《潜山县志》记载:皖水,又称"后河"。源于岳西县境内的黄毛尖和乌牛石大岗。从水吼镇割肚乡北部流入境内,自西北向东南,经龙潭、杜埠、余井流入梅城镇境内,自乌石堰过梅城至小市港,西汇梅河之水直下油坝,经怀宁县境至石牌与潜水会合入江。

长冲河(又称亭子河),从岭头乡最北部发源,经长春水库至余井汇入皖水。长春水库位于长江流域皖河水系皖水支流长冲河上游,在安徽省潜山市余井镇境内,距市区20公里,建于1958年。长春水库建立在长春湖基础之上,以前叫长冲,隶属白水寨乡,从山口向山有王庄、叶际田、花屋、东西徐老屋五个村落,在山嘴修水库,移民是逐步搬出来的,60年代先是叶际田花屋,一部分搬出山岗,一部分搬到当时吃水线以上;70年代,随着进一步蓄水,山冲里居民分散安置在整个岭头乡。

黄土岭位于现潜山市余井镇黄岭村,这里环境恬静、风光秀美,

20 世纪 70 年代末期的安徽潜山黄土岭故居（现废）

乡土味浓郁。张恨水故居位于潜山市余井镇黄岭村长春水库下，是张恨水青少年生活、读书和写作的地方。其祖建于清代，原有瓦房10 间，院落一座，张恨水十一、二岁时在此住过两年。以后又分别于 17 岁至 22 岁时，以及抗日战争时期，几度来故居读书、写作。在这被称为"黄土书屋"的老书房里，因常常秉烛夜读，而被族人和弟妹们称为"大书箱"。18 岁那年，张恨水面对乡人嘲讽（书呆子、大胞衣），躲进"黄土书屋"吟诗作词、看书写稿。在黄土书屋里，他创作了自己的第一部小说《青衫泪》（仿《花月痕》，发泄内心苦闷，谈风月，未完，仅十七回，第一部章回体小说，第一部长篇，未完成"大杰作"）。

20世纪80年代末期安徽潜山黄土岭故居（现废）

1916年初，张恨水在黄土书屋写就文言中篇《紫玉成烟》《未婚妻》，笔记《桂窗零草》及近体诗（除《紫玉成烟》在《皖江日报》发表，其余均未进排字房），后来写作时常用"我亦潜山人""天柱山下人""梅城笑翁""程大老板同乡"等笔名。在其巅峰作《啼笑因缘》序中还特意落款"潜山张恨水"。屋中原有张恨水用过的赣州广漆桌子1张，瓷花瓶、瓷缸、瓷钵各1件，现收藏于潜山市城区张恨水纪念馆。现黄土书屋仅剩一段鹅卵石砌成的围墙（指2017年故居复建之前）。黄土岭村位于余井镇西北部，东与岭头居委会交界，西与松岭、天明两村接壤，北与源潭镇路口村毗邻。全村辖58个村民组，总人口5700人。

复建后的潜山黄土岭故居（中）

张赖火故居

黄土岭

黄土岭张恨水故居俯视图（余井镇供图）

张恨水故居位于现长春水库脚下的黄岭街。此街原是从潜山县城至源潭的驿道，背靠张家山排，黄岭张家祖坟就坐北朝南位于张家山排山腰之上，与水库对面的蜡烛冲天（又称天明山、天明寨，半山腰曾有一石壁寺，张恨水以此寨为名创作了同名小说——笔者注）遥遥相望，两山拥抱水库，风景极为秀丽。而徐文淑墓则位于祖坟左侧的一个山坳中，坟墓坐北朝南，视野开阔，整个水库大坝之下的平原一览无余。

关于黄土岭，陈寿新《张恨水的那个黄土岭》（载2008年《散文百家》第四期）一文作了如下描述：

黄土岭其实无岭可言。相对于张恨水当年逃婚躲过的天明山、麻岭和隔川相望的十八里长岗,她只能算田畴间的小土包,张姓储姓杂居,形成长百余米、宽不足五十米的丁字形街道,一度在周边六七个自然村村民眼里,她是与日常起居密不可分的"黄岭街",买咸盐、打酱油,扯布称糖针头线脑一什与票证有关的东西,都得在"黄岭街"供销社进行,街上最有名的建筑,是"好拾公"一支建的储家大祠堂,在20世纪六七十年代,改置为黄岭小学,张恨水祖居紧邻学校,这是属于张恨水的黄土岭,小学五年,我每天都要穿过金庄银庄李庄来"喝墨水",小心地走过"操大塘","黄岭街"就到了,这也是属于我的黄土岭。

黄土岭其实有岭,在街的西边,五八年修长冲水库(又称长春水库),取土挖成了水塘,父老称为方子宕。储家祠堂坐北朝南,与街北的张家祖居仅隔青石板巷道相邻,大门都对着"窑塘",我启蒙时祠堂还有戏楼,高高的台阶,粗粗的柱子,张恨水是不是也在这里念书在戏台上唱戏,我们这些"毛泽东思想红小兵"不感兴趣的,感兴趣的是戏台上表演节目道具红缨枪金箍棒,听大点孩子说,戏台某个角落还堆放"破四旧"收缴的古书和瓶瓶罐罐。

而张恨水自己在长篇回忆录《写作生涯回忆》中,作了如下叙述:

十一岁半,我回到安徽潜山原籍,在本乡村里读书。这个读书的环境很好,是储姓宗祠附设的圣庙。庙门口一片广场,一棵大冬青树,高入云霄,半亩圆堂,围了庙墙。庙里只有三个神龛,其余

长春水库

便是大厅和三面长庑,围了个花台子。我和弟弟(张啸空——笔者注),靠墙和窗户设下书桌。窗外是塘,塘外是树,树外是平原和大山。

张恨水本人对黄土岭周边自然与人文环境先后在自己创办的《南京人报》上发表系列文章予以回忆。

第一是1936年5月23日的《华山绝险念念喘:二十年尘梦之六》:

予家住天柱山下五十里,每当天高日晶,碧空无云,翘首天末,见一峰笔削,如伸数指。

第二是1936年5月26日的《积闷闲谈快雨时》:

乡间老屋,后背山,前临一塘。塘堤多树,间有垂杨二株。雨时,树上瑟瑟然,如众乐同奏,尽去寂寞。屋后开一窗,对高峰如屏列。未雨之时,云气蒸腾,山渐隐蔽,有如银幕影展,顷刻万变。既雨之后,山光乍新,万绿倍鲜,而涧水淙淙然,随风俱来,虽米氏父子复出,不能绘其万一也。

第三是1936年6月17日的《乡居偶忆——生平清福之一页》:

犹忆二十年前,丧父辍学,乡居就食。老屋数椽,后负高山,前临草塘。自辟斗室,为闲坐读书之所。室中绝无粉饰,惟有一窗,匝以小院,院中左有芭蕉六本,为家人代鸡鸭谋息阴地者。右有古桂一株,则祖考所手植。予既来,驱逐鸡鸭去之,代之以水缸,中养山鱼十余尾。院中经月未有人至,绿苔长至寸许,蒙茸如绒毯。于是放卷偶阅,则左右上下,一望皆绿。虽乏花香,饶有情趣。此心易定,读书便好。日午鸡鸣,家人来呼午餐,青菜黄米饭,可尽三器。因久坐不欲便观书,则出柴门,绕麦田负手闲步。麦中藏野雉,往往惊而突出,扑扑向后山飞去。每值此事,恒觉诗情画意,荡漾不止。麦田外有种荞麦油菜者,一片郁郁青青之中,略杂红黄一二亩,亦甚调和悦目。随步而行,忘路之远近,直至山脚溪边,不愿跋涉,始沿堤绕道而回。入门不无小倦，则伏案饮清茶半壶，依旧观书。至黄昏不能见字，乃在前门草塘水柳之间，苍茫暮色中，望远小立。晚餐后，观书甚少，或与家人闲话，或与叔伯辈下象棋二三局，约初更后，即灭灯睡。明日日出，自然清醒欲起，更理常课。以上所述，虽非日日如此，非大风雨，或有人事，亦未尝不如此也。

第四是1936年7月15日的《夏村杂忆》：

北居多年，骤回南下，入夏辄不堪炎暑之威逼，其实曩昔乡居，亦复以为人间天上。久不曾度此生活，未知今日再作老农，所感如何。一雨如秋，夜窗多忆，拉杂记之。

柴扉之外，有楝树二株，下临池水。四月飘红花如桂蕊，异香扑人。至盛夏，树荫可半亩，移一榻坐门前，南风习习，辄复思睡。树下有洗衣石，村娃就浓荫捣衣，常扰人清梦。然此便是一首诗也。

村外四周为水田，入夜多蚊，晚间纳凉，不堪其扰。乡人拔田岸湿草成堆，燃火于上风焚之，浓烟缭绕，尽驱蚊去。农人赤背跣足，杂坐烟雾中，闲话咸同间事，每不觉夜阑。暗空中，有红火两三星，则乡人得意时，吸出旱烟袋上之烟火也。

村外有小河，乱石嵯峨，水触之潺潺有声。其深处作小潭，每临崖下，崖上有树，映水作碧色。日当午，约顽童二三，尽脱衣覆，沉浮水中，互泼水作战，发根根尽湿，真乐事也。

乡人爱惜寸土，悉以种稻，菜圃所收，时虞缺乏，于是多以野菜补不足。如菱由蔓，以盐浸之，可当咸菜。北瓜花和面粉，可当炒鸡蛋。北瓜蔓，去其硬筋，以青椒炒之，颇下饭。若再得豆腐干丝，则香脆无匹矣。

小暑立秋之间,禾长可四尺,于高处望之,一碧万顷,小径中,有牧童牵牛经过,白鹭惊起,直入长空,其境如画。

第五是1936年7月23日的《车水——告诉坐冷气间的朋友》：

日来苦热,因思及乡居时,农人车水生活,录之,以告住冷气间看电影的朋友。

吾乡居皖中,无井,以池塘备水。五六月之间,旱,农人乃架水车于塘沿,汲塘中水以灌田。水车有大小,小者长一二丈,以木格夹隔板于中,俗呼之为龙,龙头有两铁钮,各套一木拐,拐动钮转,节节引水上,此手车也。力巨者,一人可任之。大者龙长四五丈,木板以五六百节计。龙头支无沿之轮四或三,轮磙上有脚踏,人踏之而轮转车动,人不能悬空而立,则有一木架,作栏干状,农人扶而立之,以足车水。

日之午,骄阳蒸发田中水上升,热不可当。禾稻虽生水中,犹炙烧作青草味。村中大树叶,狗卧树荫下,吐其长舌。水牛匿泥坑中,微露其首。车水之农人,则赤背跣足,腰围蓝短裤,车水不已。架上或支布棚,或不支。然支棚亦仅蔽日于当顶时。故皮肤焦黑,转作红色,胸前汗如蚕豆大,若巨霖之下滚。天愈热,需水越急。俯视足下水,从龙口滚滚而出,则作哟呵之声以呼风,然风辄不至,人乃误农人为欢呼也。

车水工作,须半夜起,日入而止,农人立转动之车轮上,凡十余小时,家近者,可归餐,否则有妇人或童子,以竹筐送饭至树荫,呼而食之，食饭外，唯农人藉抽旱烟，得小歇，附近或无树荫，即坐水滨烈日中，于腰间拔旱烟袋出，将田岸上所置燃火之蒿草绳，就烟斗吸之，偶视同伴，尚作一二闲幽谑语，以自解嘲，盖除此外，亦无以所谓其苦闷与枯燥也。

第六是1936年7月29日的《耙草：献给避暑的阔人》：

大暑前后，禾长一二尺矣。莠草丛生，因田水而滋蔓。农人恐其夺稻禾之营养，则群起以耘草，最苦事也。

耘，吾乡谓之耙草，耙草有三次，则以耙第一届草、耙第二届草、耙第三届草分之。耙第二届草，时最热，太阳如狂火之巨炉，天地皆炽，耙草者，戴草帽，赤背。然背不能经热日之针灸，则以蓝布披肩上，下着蓝布裤，卷之齐腿缝。与都市女郎露肉，其形式一，而苦乐殊焉。农人赤足立水中，泥浆可齐膝。然实不得谓之泥浆，经久晒，水如热汤，酿浊气扑人胸腹。水中有蚂蟥，随腿蠕蠕而上，吸人血暴流。更有巨蚊马蝇藏水草中，随时可袭击人肉体。耙草者一面耙草，一面须防敌人。身上不得谓之出汗，直是巨瓮漏水，其披在身上之蓝布，不时可取下拧汗如注溜也。

耙草所用之刀，如月牙，分长短二种。长者柄四五尺，可立而耘之。短者柄仅六七寸，必弯腰蹲田中，伸臂入泥汤内，拔水潺潺作声。以阳光正曝人背蹲久则周身疲痛并作。此项境遇，乡人亦有名词，谓之下蒸上晒。故耙草者，非一午休息四五次不可也。诗人以"谁知盘中餐，粒粒皆辛苦"形容农家之苦，焉能尽其万一哉？

除此之外，发表于 1949 年 1 月北平《新民报》的长篇回忆录《写作生涯回忆》也作了描述：

《写作生涯回忆》

这屋子虽是饱经沧桑，现时还在，家乡人并已命名为"老书房"。这屋子四面是黄土砖墙，一部分糊过石灰，也多剥落。南面是个大直格子窗户。大部分将纸糊了，把祖父轿子上遗留下来的玻璃，正中嵌上一块，放进亮光。窗外是个小院子，满地青苔，墙上长些隐花植物瓦松，象征了屋子的年岁。而值得大书一笔的，就是这院子里，有一株老桂树。中年院子里绿阴阴的，颇足以点缀文思。这屋子里共有四、五箱书，除了经史子集各占若干卷，也有些科学书。我拥有一张赣州的广漆桌子，每日二十四小时，总有一半时间在窗下坐着。

我为什么形容这个黄土屋子如此详细呢？这在我家庭，是有点教育性的。直到现在，我的子侄们，对于这书房还有点圣地的感想。提起老书房，他们就不好意思不念书。也就由于我在这里自修自写，奠定了我毕生的职业。

在 1929 年 2 月 14 日《世界日报》《明珠》上发表的《旧年怀旧》也作了描述：

先君弃养早，予方十七岁耳。奉母移灵归里后，予则只身负笈走江苏。惟两代游宦,皆不善积蓄,而叔伯辈,又挥霍过甚,以致家中资产,仅足供饘粥。予读书年须三四百金,窘无所出。客中初以卖文博微资,藉供膏火。然所需者巨所获者寡,越年,卒不支,则辍学归里,闭户不敢出。因乡人认读书必作官或赚钱,不作官而耗财者,谓之曰败子。予向不与人作无谓之争,况在乡愚?以是埋头牖下,将家中断简残篇,痛读一过。除夕执《离骚》一卷,就烛读之。案上陈村醪一壶,火炉一具,炉上架瓦缽,中煮肥鸡烂肉青菜糯米团之属,且饮且食且读,不知酒之垂罄。醉饱已,则启户走门外平畴上,向天长叹。热泪涔涔,掬之盈把。少年时不得读书,其悲如此。今笔头所入,可读书矣,而时与势,又不我许。嗟夫,天寒迟暮,岂独佳人有此感也哉!

而发表于1946年9月27日北平《新民报》副刊《北海》的《桂窗之忆》一文则更为详细:

予潜山故居,传五代,子孙繁盛,传及予身,乃得其中之数椽。有一室,为祖姑绣室,予因营为小斋。斋老,黄土砖墙,白粉剥蚀成云片。无天花板,覆以篾席,席使净无尘,作古铜色。南向一窗,直棂无格。予以先祖轿上玻璃上下嵌之,不足则代以纸。凡此,均极简陋,然窗外为三角小院,围以黄土墙垣,终年无人覆之,苔长寸厚。院中一桂,予祖儿时手植之。时则亭亭如盖,荫覆满院,清幽之气扑人。七月以后,花缀满枝,重金市翠,香袭全家。予横一案窗下,日读线装书若干册,几忘饮食,月圆之夕,清光从桂隙中射上纸窗,家人尽睡,予常灭灯独坐窗下至深夜。三十年来,不忘此境焉。

发表于1946年北平《新民报》的散文《桂窗之忆》，表达了对黄土书屋的依依怀念之情。

这大概就是"黄土书屋"的来历，也成了张恨水故居的代名词。

而对先祖之辈，张恨水也极尽缅怀之情，这些在不同语境下的怀念，与其说是其内心情感的流露，毋宁说是其对失去的乡村世界的书写与思考。

由此可以看出，在这里，张恨水度过了青少年时代，有过青春的苦闷与第一次婚姻。

在二十世纪上半叶的民国初期，张恨水从黄土岭出发，沿皖水到皖河，再至长江，去追寻文学梦想时，这里也就自然成了他文学之梦的起航之地。

今天，当我们站在长春水库大坝之上，满眼所见的水面底下，其实隐藏着一个张恨水儿时眼中及其成年后怀想、留恋的远去的乡村世界，这样一想，就不难理解张恨水为何如此痴迷黄土岭的山水与人事，进而创作出诸如《天明寨》《剑胆琴心》之类的小说了。

【背后故事】
恨水不成冰——此"冰"非彼"冰"

张恨水原名张心远，一直以来，社会上对张恨水笔名的产生传闻较多，尤其是关于"恨水不成冰"流传得最多。其实这个传闻是一个八卦新闻，不符合史实。

说起张恨水笔名的由来，一些人往往把"恨水"与"冰心"联系起来。说是张恨水年轻时，曾向著名女作家冰心女士求婚，因求婚未果，张恨水便取"恨水不成冰"之意，以志恨其终生。[1]这一段"啼笑因缘"，听起来似乎言之凿凿，但其实纯属无稽之谈，是一些好事者编造的花边新闻以致以讹传讹。

冰心，原名谢婉莹，现当代女作家，出身名门望族，1900年生于福州，1923年即赴美留学，1926年获文学硕士学位回国。赴美期间，即与旅美求学的中国现代社会学奠基人吴文藻先生相识相恋，1929年在北平举行婚礼。张恨水，1895年出生于江西景德镇，第一次到北京是在"五四"运动之后，取"恨水"之名则是1914年，1915年在安徽潜山黄土岭与徐文淑结婚。可见，"恨水"与"冰心"

---

[1] 风使：《张恨水命名之由》，上海《铁报》，1936年7月30日。

并无交集。

1913年在苏州蒙藏垦殖学校求学期间,张恨水练习创作时使用笔名"愁花恨水生",带有明显的才子佳人色彩;1914年在汉口小报写稿首次使用"恨水"笔名,其内在含义扩大了,具有一定的社会意义。

关于笔名,张恨水在《写作生涯回忆》里曾经这样叙述:

> 本来在(苏州蒙藏)垦殖学校作诗的时候,我用了个奇怪的笔名,叫愁花恨水生。后来我读李后主的词,有"自是人生长恨水长东"之句,我就断章取义,只用了"恨水"两个字。当年在汉口小报上写稿子,就是这样署的。用惯了,人家要我写东西,一定就得署名"恨水"。我的本名,反而因此湮没了。名字本来是人一个记号,我也就听其自然。直到现在,许多人对我的笔名,有种种的揣测,尤其是根据《红楼梦》,"女人是水做的"一说,揣测的最多,其实满不是那回事。[①]

首先让我们回顾一下张恨水当时的生活状况:1912年,张恨水17岁,秋天,其父因急症于江西南昌去世,经济来源中断,他只得中止学业,出国留学的梦想也随之破灭,举家从南昌迁往老家安徽潜山;1913年,报考"苏州蒙藏垦殖学校"并被录取,练习写作,将小说文稿投寄上海《小说月报》,得到主编恽铁樵的亲笔回信与鼓励,增强了他小说创作的信心,后学校因故被迫解散,他再次失学;

---

① 张恨水:《写作生涯回忆》,人民文学出版社,1982年6月第1版,第15页。

1914年,只身到南昌进某补习学堂,补习英语和数学,后到武汉,为汉口某小报补白,署名"恨水"。

从1912年至1914年短短的3年里,张恨水遭遇了家庭的变故,身为长子的他,过早地迈进了社会的大门,义无反顾地担起了生活的重担。因此,"愁花恨水生"的笔名,表达了他当时感伤的心情以及欲成风流名士的志向。这不仅是张恨水的第一个笔名,而且是奠定他终生笔名"张恨水"的基础。而当他在武汉汉口为某小报补白时,以"恨水"作为笔名,既表达了他丧父失学无业、前途渺茫无望的悲愁,又去掉了风流才子的名士气,并具有一种愤世嫉俗、珍惜光阴的丰富内涵,成为激励自己的座右铭。

如前所述,此笔名取自南唐后主李煜的词《乌夜啼》"自是人生长恨水长东"句,将原句的愁思之情予以延伸,赋予珍惜时间的自勉和愤世嫉俗的激愤的现代含义。应该说明的是,当时社会上有人根据这一笔名产生了许多猜测、编出多种故事,最典型的便是"恨水不成冰"之说。为澄清此说,张恨水于1927年1月31日的《世界日报》副刊《明珠》上,以诗《答知一君问——题关于张恨水》作了公开的答复:"欠通名字不关渠,下列刘蕡自腹虚。正似一江春水绿,此君有恨恰何如。"刘蕡是唐代富有才学而又怀才不遇的诗人,张恨水在诗里明确表示自己的才学比不上他,然而却与刘蕡有相同的愁和恨,正如一江春水不停地流动,没有尽头。

对于"恨水不成冰"的传闻,据笔者考证,最初产生于20世纪20年代末期,其时张恨水就职于《世界晚报》和《世界日报》,并编辑《夜光》和《明珠》副刊,小说《春明外史》即将结束,《金粉世家》开始连载,盛名之下的张恨水颇受媒体关注。作为副刊编辑,张恨水与一位名叫"宋韵冰"的作者交往密切,彼此诗文酬唱,引为知己,这种友情一直延续到张恨水晚年。

张恨水四子张伍著《忆父亲张恨水先生》一书由张友鸾之女张钰所写的代跋《恨水伯的婚姻》一文有如下叙述:

1928年,恨水伯在《世界日报》编副刊,结识了一位能写小说会作诗的女读者,很自然便引起了他的爱慕之心。

张伍著《忆父亲张恨水先生》

那年,他不过33岁,虽然已有过两次婚姻,却从来没有对异性产生过这种感情。但他们之间有着不可逾越的鸿沟。他的第一次婚姻是包办的,可以不必计较;但他和秋霞的结合,是他自己的选择。尽管他现在明白,他们之间缺乏共同的思想基础,同情并不等于爱情;何况,他们已经有了两个孩子,而秋霞除了他便无依无靠。离婚?首先在他自己的道德准则下就通不过。于是,他的这腔热情,只能是自生自灭了。

这只是恨水伯婚恋史中一个小小的插曲,它并未成为真正的爱情乐章。但却反映了在他年轻的心里,依然怀有对美好爱情的憧憬。两年之后,他终于落入爱情的漩涡,造成了一生中最后的一次婚姻,一次由相互爱慕开始,直至终生相依相随的婚姻。[1]

---

[1] 张伍:北京十月文艺出版社,1995年8月第1版,第410—411页。

1955年夏,张恨水静极思动,自感病体康复,想回家乡一游之心悄然而生,于是他一路南下从北京到合肥、安庆、南京、上海。《忆父亲张恨水先生》中"东南行"一节(第359页)又叙述:

途经济南时,他还顺便在这"家家泉水,户户垂杨"的名城游览了两天,并探望了他的老读者宋韵冰女士。宋女士是新加坡华侨,20年代在北京女师大念书,是父亲的崇拜者,国学根基相当深厚,诗与词都写得不错,并且还曾模仿父亲的文风笔调发表过小说。她和父亲从20年代开始通信,直至父亲逝世,其联系从未间断。

综上所述,此"冰"非彼"冰",传闻"恨水不成冰"的"冰"当指"宋韵冰"。

新闻生涯

漫步展厅第二部分，呈现的是与张恨水文学创作密切相关、长达三十年（1918—1948）的报人职业生涯。

格外引人注目的是存放在展柜里的几卷《南京人报》合订本原件，这是张恨水用自己稿费与好友张友鸾共同创办的一份报纸，是张恨水职业理想的体现。

民国时期芜湖的标志中江塔（芜湖市档案馆供图）

"十年湖海。问归囊，除是一肩风月。憔悴旧时歌舞地，此恨老僧能说。旭日莺花，连天鼓吹，霎都休歇。凭栏无语，孤城残照明灭。

披发独上西山。昂头大笑，谁是封侯骨？斜倚长松支足坐，闲数中原豪杰。芥子乾坤，蜉蝣身世，坠落三千劫。怆然垂涕，山河如梦环列。"（《何堪词·念奴娇》，原载1926年7月30日《世界日报》副刊《明珠》）

从加入文明戏剧团到浪迹燕赵，从文学青年直至步入报界，进而北漂北京，报人生涯30年（1918—1948），先后作过校对、编辑、外勤记者、主编、总编辑、协理、经理、社长等，凭借文学天分与勤奋，张恨水最终实现了自己的文学之梦。

从安徽芜湖步入报界

芜湖简称"芜",别称江城,位于长江三角洲西北部,南依风景秀丽的黄山、九华山,北临江淮平原,居华东中心位置。独特的地理位置,使其成为区域性经济、文化中心,素有"江东名邑""吴楚名区""长江巨埠,皖之中坚""云开看树色,江静听潮声"的美誉。

独特的区位优势和悠久的历史,使各种文化在此交流、融合和碰撞,造就了芜湖文化的开放性、包容性和商业性。屹立于长江青弋江两江汇合处的中江塔承担着往来商船的航标角色;米市、十里

民国时期国外明信片中的芜湖中江塔(芜湖市档案馆供图)

长街曾经吸引着无数淘金者和追梦者；环绕横亘的青弋江演绎了众多徽商自芜湖成名发迹、走向全国的传奇故事。吴头楚尾的文化传承，使芜湖与江浙沪有着天然的文化沟通和经济交流。

安徽报业发端于晚清维新运动，兴盛于辛亥革命时期，而辛亥革命的胜利，又使这次办报活动走至顶峰，形成安徽报业发展史上第一次蔚为大观的报刊热潮。芜湖近代报刊，创刊于清末，其历史之长，数量之多，均居安徽前列，在我国近代新闻史上也占有一定地位。《皖江日报》即是其代表。

《皖江日报》是张恨水新闻记者生涯的起点，在这里，他经历了新闻从业者素质的全面锤炼，打下了扎实的新闻从业基本功。《皖江日报》对张恨水具有特殊的意义。

一、芜湖《皖江日报》及其特色

《皖江日报》创刊于清宣统二年十一月二十日（1910年12月21日）。宣统二年（1910年）春，上海《申报》驻芜访员谭明卿[①]与上海《南方日报》《中外日报》驻芜访员张九皋[②]合作，筹办《皖

[①] 谭明卿（1885—1938），安徽人，芜湖早期报界知名人士。辛亥革命前，谭任上海《申报》驻芜访员。1906年，谭与焦二凤、齐月溪合办《风月谭》小报，越二年停刊；1910年春，与上海《新闻报》《中外日报》驻芜访员张九皋办《皖江日报》，谭任社长，张为总编辑。谭著述很少，善于用人，有组织才能，聘请张九皋、柏毓文、郝耕仁等主持《皖江日报》笔政及业务发展。谭除办报外，还开设"玉林堂"笔店，热衷于慈善事业，曾负责"华洋义赈会""红十字会"等工作，在《皖江日报》附设红十字会事务所，时人称之为"谭善人"。1937年芜湖沦陷前夕，《皖江日报》停刊，谭离芜去湘，1938年，在沅陵县九矶滩病故。
[②] 张九皋，（1887—1963），谱名张可铣，号鹤皋，又号鹤影，江苏溧阳人。著名报人。芜湖地方新闻事业的开拓者。1910年春，协助谭明卿筹建芜湖《皖江日报》，任总编辑。1915年，自己创办芜湖《工商日报》。新中国成立后被聘为安徽省文史馆馆员，致力于芜湖地方史志研究。1963年病逝于安徽芜湖。

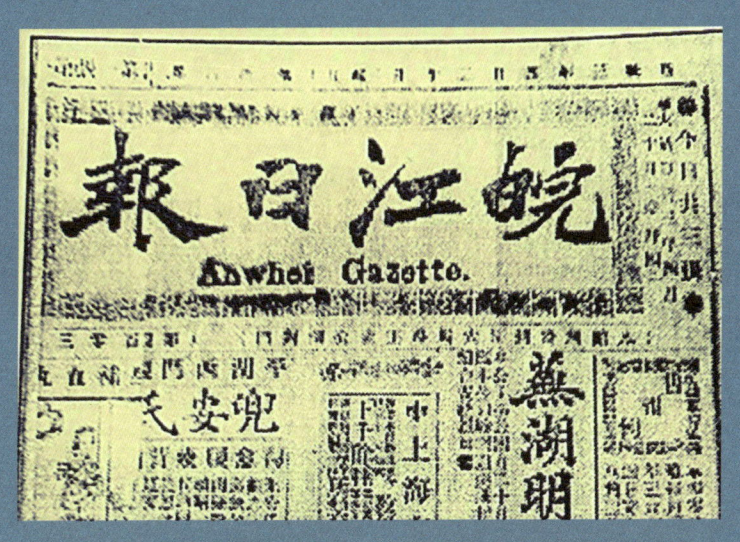

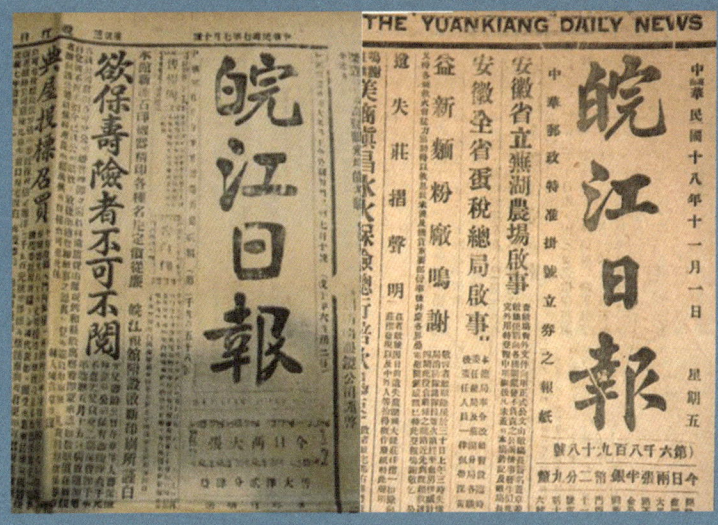

不同时期发行的芜湖《皖江日报》报头

芜湖《皖江日报》旧址即今芜湖市中山路步行街中山路中段与华兴街交口东边，大众影都与联华超市中间的儿童游乐场位置。

江日报》。租用李姓的四开印刷机一架，由谭明卿筹集资金。张九皋赴沪购办铅字并调查沪地报社办报经验。同年冬季筹备就绪，《皖江日报》正式问世。日出报纸一张。最初，报社设在清和坊《风月谭》旧址，后迁移至大马路王金公祠对门（即今芜湖市中山路41号）。

该报由谭明卿任社长。聘请桐城人潘怒庵任主笔，张九皋任总编辑。在他们的主持下，《皖江日报》主要刊载启事、工商广告和商业行情。宣统三年（1911年），主笔换为寿州人李警云（1911年芜湖光复后，任芜湖军政分府参谋长）。报社又特邀湖南长沙人黄怀沙撰写论文，江苏宜兴人邹秋士任副刊编辑，太平人王伯琴任助理编辑。1911年夏，芜湖遭水灾，该报短时停刊。复刊后的《皖江日报》业务繁盛，报纸由每日出一张增加到日出两张半（4开10版）。在版面安排上以广告、启事为主。发行量激增达到2千份左右。当时为该报撰写论文和编辑副刊的还有闽侯人陈子范、芜湖人崔尘元、泾县人查雪林、江苏人郝喟候、怀宁人郝耕仁等。1913年1月16日和7月27日，芜湖社会党和国民党曾分别纠众冲毁皖江报馆，引起舆论大哗和商民不安。

1918年春，经郝耕仁介绍，聘请潜山人张心远（即张恨水）任文艺副刊编辑。1919年秋，张恨水离开《皖江日报》去北京另就他职。

1919年，时任《皖江日报》主笔的郝耕仁[①]，受"五四"运动影响，将副刊改辟为"皖江新潮"，公开声明不登旧体诗、旧文章，专登新诗、新文章，批判旧礼教，主张婚姻自由。一时吸引了很多进步青年投稿。经常撰稿者有钱杏邨（阿英，当时在芜湖邮局任邮务生）与李克农、高语罕、吴葆萼、刘希平、胡澍、卢仲农、高宗浚、夏揆学、王肖山等。"皖江新潮"成了民主、科学启蒙运动的一支号角。社会各阶层人士及青年（以学生居多）争相订阅，对于当时的芜湖学生运动起了先导作用。报纸发行数量随之有很大发展。从1934年4月12日《皖江日报》（第8159号）第一张来看，该报已是对开10版，

---

① 郝耕仁(1885—1939)，安徽怀宁县人，清末秀才，善诗文，谙书法。1907年在上海加入东部同盟会，从事民主革命活动。1910年，与任天知组织"进化团"。1912年，谭明卿聘郝耕仁为《皖江日报》主笔。1913年，与友韩复炎在上海组织秘密团体，从事倒袁；袁世凯死后，集团解散，继任《皖江日报》主笔。同年，在上海经张东野介绍，与张恨水相识。1917年，季硕夫任粤军旅长，驻军湖南时邀请郝耕仁相助，郝耕仁在抵湘前函荐张恨水到芜湖《皖江日报》工作，于是便写信给张恨水，到芜湖来接替自己的编辑职务。1934年，郝耕仁应友胡抱一、张东野之邀赴陇，历时年余，写大西北长篇通讯，在《皖江日报》《工商日报》连载。1937年7月7日，抗日战争爆发，郝耕仁爱国志切，将妻女留在家乡，只身去陇帮助友工作。1939年，病逝甘肃凉州。

售大洋3分。报名为手书颜体字竖排于头版右上端。除第一张第三版下半版为"本省新闻"外，其余一、二版全版；三、四版的半版均为广告、启事。

1930年，《皖江日报》曾因刊出"共产党万岁"的标语，被当时国民党政府封禁一年。1931年底，《皖江日报》解禁复刊继续出版。1937年12月，日本侵略军占领芜湖前夕，才告停刊。社长谭明卿流

张九皋先生创办的《皖江日报》《工商报》联合版

亡到湖南省沅陵县，1938年病故于该县九矶滩。1945年9月抗战胜利后，芜湖《工商日报》社长张九皋回芜邀请谭明卿的儿子谭邦杰，于1946年2月至1946年底，合作办了约一年时间的《皖江工商报联合版》。1947年《工商报》单独发行。《皖江日报》遂告最后终止。

作为一份商业性的民营地方报纸，《皖江日报》前后历时27年，成为当时芜湖报业史上历时最长、影响最大的报纸。

二、张恨水与芜湖及其《皖江日报》

1918年春,23岁的张恨水经好友郝耕仁介绍,"度过残年,凑了三元川资"(张恨水《写作生涯回忆》,下同),由家乡潜山黄土岭来到芜湖《皖江日报》,经张九皋引荐,拜见了《皖江日报》经理谭明卿,经考核被任命为该报编辑,后任总编辑,并住在报社里。张恨水的任务是写"两个短评,和编一版副刊"。张恨水正式开始了记者生涯。

《皖江日报》为地方小报。共有编辑四人,加上工人,还不足二十人。"当时张九皋月薪八元,李洪勋六元,曹某五元,给我也定了八元……我自己有个房间,可以用功。"因消息闭塞,稿件很少,所以办报主要靠剪刀。张恨水决心打破这种状况,以自己的创作,开拓出新的局面。"我每日写一段小说闲评。另外我找了两个朋友的笔记,也放在副刊里连载。这个举动,在芜湖新闻界,竟是打破纪录的,于是也就引着有人投稿了。"

在此期间,早期习作《紫玉成烟》[①]在《皖江日报》副刊发表,结果"很得一些人谬奖"。张恨水很受鼓舞,又撰一部白话长篇言情小说《南国相思谱》在报上连载。张恨水此时的创作,受《花月痕》影响很深,"完全陶醉于两小无猜、旧式儿女的恋爱中",形式上"偏重辞藻,力求工整"。

1919年,24岁的张恨水继续在芜湖《皖江日报》工作,"报社除供我膳宿之外,本来月给薪水八元,因为主人高兴,增加了百分之五十,加为十二元。我反正没有嗜好,这时又没有家庭负担,

---

[①] 1916年,张恨水在潜山"黄土书屋"写的两个文言中篇小说之一。

民国时期上海《晶报》

也就安居下去"。此时,张恨水除了利用闲暇时间阅读《词学全书》《唐诗十种集》外,再写小说。并开始了解上海的《晶报》:"我对于《晶报》,向来是个爱护者。记得《晶报》初出世的时候,我在芜湖《皖江日报》当编辑,恰值经理谭明卿先生由上海回去,对同人少不得礼品相赠,他送我并无别物,却是一卷《晶报》。"(张恨水《我与晶报》)由此,与《晶报》结下了不解之缘。

与郝耕仁在芜湖《皖江日报》戏作《丑奴儿·与郝耕仁合作》[①],形象地记录了自己在芜湖的编辑生活。

在芜湖期间,张恨水又撰白话短篇小说《真假宝玉》[②]和白话中篇章回体讽刺小说《小说迷魂游地府记》[③],在上海《民国日报》副刊"解放与改造"上刊出,后均被姚民哀收入《小说之霸王》集子中。

《小说迷魂游地府记》描绘了一幅辛亥革命前后直至五四运动前夕,北京、上海出版界和市民精神生活的真实图画,表现了作者

---

① 张恨水在1946年5月21日北平《新民报》副刊《北海》上发表《编部旧谑》,署名"旧燕",全文如下:"三十年前,与大颠同编皖江报,予看大样,时有错字。大颠立在编辑桌上,填半阕丑奴儿调子曰:三更三点奈何天,手也挥酸,眼也睁圆,谁写糊涂账一篇?予亦于纸角立答半阕曰:一刀一笔一浆糊,写了粗疏,贴也糊涂,自己文章认得无?大颠笑而佳之曰:实也。此等游戏,难求于今日之编辑部矣。"
② 3月10日至16日连载,系白话滑稽小说,约3千字。讽刺当年演《红楼梦》的演员。1919年收入姚民哀所编短篇小说集《小说之霸王》。曾被1930年11月23日北平《世界晚报》副刊《夜光》转载。《皖江日报》因原报已无法查到,所以这是目前查到的张恨水小说首次见诸报刊的文字记载。
③ 4月13日至5月27日连载,约1万字。这是张恨水作品第二次被收入书本子里。"第一次是民国五、六年的事,那时天虚我生(上海《新申报·新自由谈》编者陈蝶仙),他曾征'秋蝶诗',限用王渔阳《秋柳》原韵。我应征作了四首,录取了一部分,载在天虚我生的《苔苓录》里面。抗战时在重庆遇到陈先生,我还谈及此事,他觉得恍然隔世了。"

的正义感和某些好的、比较正确的文学观。尽管其艺术水平不高，在社会上也未引起多大的反响，但它是现存的张恨水发表最早的作品，对于研究张恨水文艺思想和创作历程，有着重要的价值。

对于最初的创作，张恨水自己说，"当年写点东西，完全是少年人好虚荣。虽然很穷，我已知道靠稿费活不了命，所以起初的稿子，根本不是由'利'字上着想得来。自己写的东西印在书上，别人看到，自己看到，我这就很满足了。我费工夫，费纸笔，费邮票，我的目的，只是满足我的发表欲。"

除此之外，张恨水还兼任了芜湖《工商日报》的校对。

5月4日，震撼全国的五四运动爆发，全国人民反帝反封建的斗争，打倒孔家店的怒吼，使张恨水"受到了很大刺激"。不久，张恨水因事去上海"亲眼看到了许多热烈的情形"，返芜湖后，马上办起了介绍五四运动的周刊，宣传一些新文化运动的观点。但张恨水自幼爱好古典文学，装了一肚子词章，对于新文学界主张文学革命的主张"虽然原则赞同，究竟不无保留"（张友鸾《章回小说大家张恨水》）。

5月20日（阴历初五），日本驻南京领事馆，以芜湖人仇日排外为名，派日本兵一队来到芜湖，荷枪实弹，耀武扬威，在芜湖街面上，进行挑衅。日本军人的可耻行径，激起了芜湖人民的极大愤慨。

当天下午，张恨水面带酒意，在《皖江日报》编辑部对工友们说："今天什么日子？"答："五月初五。"问："纪念什么人？"答："屈原。"问："屈原为谁而死？"答："为祖国。"张恨水又说："今天日本人欺人太甚，我们岂能置之不理？"在张恨水的鼓动下，编辑部二十余人，扛着大旗，高呼口号，在日本人所办"丸山药店"门前，往返数次（鸣皋《有趣的示威》）。这次游行，鼓舞了群众的反日士气，被芜湖人民称为"爱国义举"。

秋天，张恨水在朋友王夫三[①]的鼓励下，辞去《皖江日报》总编辑职务，典当了行李，"我又把皮袍子送进'当铺'当了"，并"在南京亲友（指在南京下关开设瀛台旅馆的亲戚桂家老伯桂希贤）那里借了十块钱（据张恨水亲友回忆，应是八块银元），我就搭津浦车北上"[②]。此次张恨水来到北京，是准备报考北京大学。

1920年秋，张九皋和谭明卿前往北京参加全国报界第二届联合会，得以与张恨水、王夫三相见面，彼此畅叙在芜湖《皖江日报》期间的难忘时光。

1921年，张恨水受张九皋之聘，兼任芜湖《工商日报》驻京记者。

在北京，张恨水工作繁忙，简直"成了新闻工作的苦力"。张恨水没有心情，也没有工夫去搞文学创作了。因此，在《皖江潮》后的四五年内，张恨水再也没有写过小说。

是年，在好友郝耕仁一手操办下，张恨水全家由潜山移居芜湖。张恨水尽其所得，除自己吃用外，全部汇往芜湖，赡养家小，供弟

[①] 王夫三，又名王尊庸、慰三，歙县人，为芜湖《皖江日报》《工商日报》故都（北京）特派员。1933年任《时事新报》驻（南京）记者时遭人暗杀。
[②] 张恨水著《记者外传》第一回，对前门东站有描述："这个车站，就是北京东站。何以叫东车站呢？那时北京有三个总站，在前门东方的叫东车站，通到上海，或者沈阳。在西方的叫西车站，通到汉口。还有一个，在西直门外叫西直门车站，通到包头。刚才要到东车站的火车，是由浦口北来，走了约三十多个钟点，到达的时候，已经很晚，十一点多钟了。"

妹上学①。

1922年1月，张恨水返芜湖过春节，探望母亲。回到北京后，他应芜湖朋友张九皋之邀，创作长篇小说《皖江潮》，连载于芜湖《工商日报》，后被芜湖学生改编成话剧，演出后受到好评。这是张恨水小说首次以舞台艺术形式来表现。

1925年，张恨水把家小由芜湖移居北京。

1946年2月15日，张恨水只身由安庆经芜湖至南京时，夜宿芜湖与张九皋见面畅谈别后感受。《江南铁路》一文"三十五年二月，笔者正由故乡安庆进京，坐小轮到了芜湖，预备由京芜火车入京……"记载了此事。这是张恨水最后一次到芜湖。

芜湖，是张恨水新闻生涯的起点。在芜湖，张恨水接受了五四运动的洗礼，这对于他以后的思想改变和创作生涯产生了重要影响。张恨水从交通闭塞、民风古朴的潜山来到芜湖，自然更敏感地认识到当时人民的苦难深重，从汉口加入文明剧团、浪迹运河岸边的邵伯镇到江城芜湖，这段不算很长的经历，使张恨水目睹了社会上的种种黑暗和中华民族深重的危机。漂泊不定的生活经历培育并激发了张恨水的爱国情感，他追求人生价值的突破，去北京求学、谋生，寻求更大的发展空间。从这一角度来说，芜湖近两年的报人生活为

---

① 据郝漾《回忆我父亲郝耕仁与名小说家张恨水的友谊》载，"1922年（注：应为1921年）他（张恨水）托他二弟把家属接到芜湖安家，由我父亲照料。我父亲也把母亲和我接到芜湖住家。父亲为了照顾方便，就把两家合为一家，在芜湖太平街租了一所住宅，雇了一个女佣，在一锅吃饭。恨水先生一家六口（他母亲和两个弟弟、两个妹妹及一女眷）、我一家三口（父母和我）是一个大家庭。"其时，郝耕仁在省立芜湖二女师教书，并在省立第二甲种农业学校、萃文教会学校兼授国文。郝耕仁发表于1923年4月2日芜湖《工商日报》的《为划地绝交答恨水》一文也记载了此事。

张恨水到北京从事的新闻编辑生涯奠定了坚实的基础。

三、《皖江日报》对张恨水文学创作的影响

现代著名报人曹聚仁在评价近代中国文学与新闻的关系时说："一部近代文化史，从侧面看去，正是一部印刷机器发达史；而一部近代中国文学史，从侧面看去，又正是一部新闻事业发展史。"因此，当张恨水以报人兼具作家身份出现时，不仅为作品发表提供了便利，也为报刊带来了固定稿源，形成报刊与作家之间的良性互动。

（一）读者至上的副刊编辑思想初步形成

对于《皖江日报》这一地方小报，张恨水认为仅靠剪报无法吸引读者，决心打破这种状况，以自己的创作，开拓出新的局面。因此，除自己创作小说《紫玉成烟》《南国相思谱》在报纸副刊连载外，还"每日写一段小说闲评。另外我找了两个朋友的笔记，也放在副刊里连载。这个举动，在芜湖新闻界，竟是打破记录的，于是也就引着有人投稿了"。这一举措，在当时的芜湖报界可谓创新之举，不仅吸引了其他热心的投稿者，而且使报纸内容与形式令读者感到耳目一新，进而增加了报纸的销售量。

张恨水初涉报界，在《皖江日报》的编辑实践中摸索出的这一办报经验，为他后来从事副刊编辑工作打下了基础、积累了经验。以至于他每编一个报纸副刊都要自己撰写一至两个长篇连载，还有诗词、小品等，展露了张恨水作为文坛多面手的特点，加上与新闻职业的结合，成为张恨水日后成功的关键因素之一。

（二）叙述人生的现实主义创作风格开始萌芽

关于创作风格，张恨水自己在他的《写作生涯回忆》里作了如

此描述:"小说有两个境界,一种是叙述人生,一种是幻想人生。大概我的写作,总是取径于叙述人生的。"

1916年初,张恨水创作兴趣大增,在老家安徽潜山黄土岭的黄土书屋的两个月内,写了文言中篇小说《紫玉成烟》《未婚妻》及笔记《桂窗零草》。这些作品都曾受到过张恨水朋友们的称赞,使张恨水在芜湖一举成名。但是,除了《紫玉成烟》后来发表在芜湖《皖江日报》外,其余都"未曾进过排字房"。

张恨水在1922年7月17日的芜湖《工商日报》上有这样的叙述:

《石头记》绘声绘色,妙到恁地。而书中诗词歌赋,乃无一不腐,无一不俗。此部白璧之瑕,直宝黛千古之累也。祭芙蓉女儿一文,雪芹殆视为得意之作。吾再三读之,殊无可取。尽其量,八股时代之少岩赋而已。

花月痕写几个文人墨客,诗酒风流,自是好文章,而尾大不掉,极力怒骂洪杨。此何为者?殆有为而发欤。作者为文场老手笔,诗词四六,无一可议。梦中碑记一篇,胎息浑原,尤逼真六朝。然其全篇结构,全不相称,写苦恼处,努力做作,尤失小说家白描之本旨,更无论与石头记比矣。以石头记之白描,而缀以花月痕之杂作,则宝黛生色,姊妹增光,宁非天下痛快事耶!予不自量,乃有《南国相思谱》之作,苦于饥驱,事乃中辍。至今思之,殊自悔胆大。然而少年人之不量力者,今亦比比是也。

相思谱之杨杏园,或曰,是我自己写照。小说家言,何必如此穿凿,予不辩,亦不屑辩也。有人问我手足,恨水是否令兄。曰然。红楼梦体之小说,今再作否?曰不知。此殆有其事耶,答者不能答。

小说《皖江潮》连载于芜湖《工商日报》

谈到知己，恨水不作聱矣。吾并愿天下少年男女，万万勿读红楼梦体裁之小说。否则……噫。

此段文字，不仅表达了张恨水早期创作所受《红楼梦》《花月痕》的影响，也显示了《南国相思谱》的主人公杨杏园对于自身的观照。虽然基于种种原因，我们无法阅读到《南国相思谱》原文，但我们却能从中发现《南国相思谱》里的主人公杨杏园若干年后走进了小说《春明外史》中。

由此我们可以认为，由于受知识积累、生活阅历等因素的影响，此时在《皖江日报》连载的《紫玉成烟》以及其后的《南国相思谱》，其内容均呈现出两小无猜、旧时儿女恋爱的特点，形式上也"偏重辞藻，力求工整"，体现出早期张恨水小说创作写实的叙述特点。

而到了1922年，身居北京的张恨水，则创作出了反映安徽政潮的长篇小说《皖江潮》①在芜湖《工商日报》发表，标志着他开始摆脱旧式言情小说的窠臼，走向讽刺与谴责的社会言情叙述风格，成为张恨水前期小说创作的重要转折点。

由此可见，芜湖是张恨水新闻职业的正式起点，而作为当地媒体的《皖江日报》抑或《工商日报》，无论是报人素养还是文学创作而言，均为张恨水奠定了良好的职业基础。

1919年秋天，当张恨水决定乘坐火车北漂北京时，古老的北京正张开怀抱，迎接着张恨水的到来，静候着张恨水的出场。

| 工商日报

---

① 《皖江潮》为白话章回体小说，仅创作上部，连载至本年7月27日，计11回，103次，约8万字，未完。内容表现的是1921年6月2日发生的安徽安庆反封建军阀的群众学生运动。曾被芜湖学生改编为话剧公演，这是张恨水的作品首次以另外一种文艺形式出现于舞台。从写作时间来说，应是他初期作品的最末一篇；从思想内容和艺术形式上看，属于第二期作品的第一篇。也是一部标志性作品。

北漂京城成就人生辉煌

1946年4月4日,张恨水在自己主编的北平《新民报》副刊《北海》创刊号上,以《第一印象》为题,回忆了自己初到北京时的情景:

> 我至今依然记得,当民国八年(1919年)秋季到北平的时候,天色已经黑了,前门楼的伟大建筑,小胡同的矮屋,带着白纸灯笼的骡车,给我江南人一个极深刻的印象。

令张恨水没有想到的是,最初抱着报考北京大学的求学目的来京,结果却走入了职场,在北京生活了整整三十七个春秋。

张恨水主编的北平《新民报》副刊《北海》

一、1919年秋至1923年冬：从歙县会馆、潜山会馆到益世报馆、世界通讯社

1919年9月，中秋节前夕①，张恨水来到北京，准备报考北京大学。

经王夫三引见，见识了上海《申报》驻京记者秦墨哂，并在他手下工作。每天的任务是：发四条新闻稿件，月薪十元。工作时间是"上午九点到十二点，下午两点到六点"。张恨水先住在歙县会馆的王夫三房子，后住在"潜山会馆"。

歙县会馆位于宣外大街达智桥。潜山会馆位于宣武区椿树街道西草厂胡同山西街7号。会馆，原是各省市同乡会为进京会试举子而设，民国后，科举废止，会馆变为招待进京候差、找差及流落北京的同乡居住之所，住房免费，并可为单身住宿者提供价廉的包月伙食。

会馆里人员复杂，使张恨水有机会接触北京各阶层人物，听到许多社会新闻，这为他以后的小说创作提供了素材。

张恨水《哀老友王慰三君》（1933年2月3日上海《新闻报》副刊《新园林》）一文对此有具体叙述：

民八在芜湖，与恨水会于某报社。时恨水方二十许，好谈革命。王笑曰：君傻子也，然君文笔尚可，加以造就，未可限量。何株守于此？既而君北上，供职参战军督练公所，招恨水北上。恨水质衣被入京，拟入北京大学。然一身之外无长物，何以言读书？君原住

---

① 在1963年应全国政协《文史资料》编辑约请撰写的《我的生活过程》手稿里，有如下记述："我赶快北上，也就是中秋前几天。"当年中秋是1919年10月8日。

歙县馆,以其居居我。恨水无衣君曰:我入军需学校,有制服,敝袭一袭,可赠君。恨水无被褥,君曰:军需学校有公用军毯,被褥二事,亦可赠君。恨水感泣,至无可言喻。古人谓推衣衣我,不是过也。旋以君之介,为老友名记者秦墨哂君理笔墨,稍可自活,而读书终无望,君乃为之叹息不置。时恨水穷,君亦仅足自给,非在学校。早起,仅苦茗一壶,烧饼油条一套。或至黄寺督练处,或至学校,来回数十里,风雪交加,无不步行。其勤苦又如此。

此间,"我在交过房、饭费后,只剩下一元现大洋了,这一块钱怎么花呢?恰巧这时梅兰芳、杨小楼、余叔岩三个人联合上演,这当然是好戏,我花去了身上最后一块现大洋去饱了一下眼福耳福。"这就是张恨水引以为自豪的"一元看三星"的佳话。

因收入甚微,不久,经同乡方竟舟介绍,认识了北京《益世报》[①]编辑成舍我[②],并被成推荐兼任了《益世报》助理编辑,月薪三十元。"成舍我君介绍恨水入社(北京《益世报》社——笔者注),助理编辑,兼校大样。公(社长杜竹萱——笔者注)闻恨水夜深读英文,苦之,

---

[①]《益世报》系天主教神甫雷鸣远创办,分别在北京、天津两地出版。北京《益世报》经理是杜竹萱,馆址在新华街南口。
[②] 成舍我(1898.8.28—1991.4.1),中国著名报人,在中国新闻史上享有很高声望与影响。原名成勋,后名成平,舍我为其笔名。祖籍湖南湘乡,出生于南京。从1913年他为安庆《民岩报》撰稿,到1988年在台北创办《台湾立报》,直至1991年去世,从事新闻业近77年,一生参与创办媒体、刊物近20家,直接创办12家,遭遇挫折无数,也是凭个人力量从事新闻教育事业最长、影响重大的新闻教育家。
张恨水因一阕《何堪词·念奴娇》被成舍我赏识,而成为诗友以及日后事业上的搭档。协同办报,前后达十年之久(其间因经济原因曾先后三次辞职)。成舍我是最早发现"张恨水价值"的人。

北平益世报馆（北京西城区档案馆供图）

加薪外，并调外勤，至今心犹德之。"[1] 工作时间是"晚间十时到天亮六时，我的休息时间，是那样的零碎而不集中，我的睡眠时间，也就是片段的几小时。这样，决不让我有时间再去读书了。"至此，张恨水生活才自给有余。

白天在秦墨哂处工作八小时，入夜还得在《益世报》编辑部工作到天明。此时，张恨水从潜山会馆移住益世报馆。1920年秋，因高声朗读英文触怒了好静的北京《益世报》经理杜竹萱的夫人，

---

[1] 张恨水：《哀杜竹萱先生》，载1932年7月24日上海《晶报》。

被调离该报编辑部,改任天津《益世报》驻京记者。张恨水只得再回潜山会馆居住。工作之余,他苦下功夫,"努力读的是一本《词学全书》",并练习填词,并进商务印书馆英文函授学校,攻读英文。

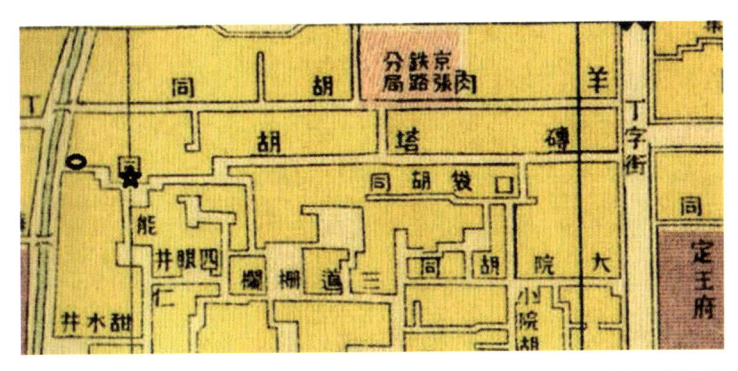

民国时期,"圆圈"是北沟沿甲23号,"五星"是砖塔胡同95号。(洪克珉供图)

20世纪20年代北京前门东火车站(北京西城区档案馆供图)

1921年，除原工作外，张恨水又兼任了芜湖《工商日报》驻京记者。"由民国八年秋季起，到民国十年冬季止，我就这样忙下去。"其间，张恨水家由潜山移居芜湖，尽其所得，除自己吃用外，全部汇往芜湖，赡养家小，供弟妹上学。因此，1919年、1920年春节，张恨水均一人在北京度过。《除夕》诗："宣南车马逐京尘，除夕无家著此身。行近通衢时小立，独含烟草看忙人。"[1]很形象地记录了他客居异乡的心情。

1921年春节前，张恨水"回了一趟芜湖，探访母亲，此外没有离开北京"。

1922年，张恨水工作更加繁忙，简直"成了新闻工作的苦力"。他没有心情，也没有工夫去搞什么文学了。因此，在《皖江日报》后的几年内，他再也没写过小说。

1923年，旧职未卸，张恨水又担任了秦墨哂、孙剑秋创办的"世界通讯社"总编辑，并住在通讯社。月薪二十八元。但此社"没有邮电的新闻来源，也没有外勤记者，除了社长在茶余酒后，得来些道听途说的新闻外，并无新闻稿子供给"。这给他工作带来很大困难，每日只靠抄各省的报纸，敷衍了事。数月之后，便罢职离而去，继续住在潜山会馆，专门给上海《新闻报》《申报》写通讯。因为"这两家报馆，对于北京通讯，极肯花钱，一经录取，每篇通讯付酬十元"。

不久，张恨水离开《益世报》，协助成舍我创办"联合通讯社"，同时兼任北京《今报》编辑，直到1924年4月。

---

[1] 此诗抄自1947年1月15日北平《新民报》副刊《北海》《除夕黄诗》一文。文中张恨水自云："予二十五岁，混食《世界通讯社》。"可知诗作于1920年农历除夕，是张恨水最早作品，异常珍贵。

此间，张恨水住宿地点先后为歙县会馆、潜山会馆和北京益世报馆、世界通讯社。这时张恨水经济收入渐渐好转，很想减少自己的工作，以便抽空读书，继续考北大。但"我的家，已经由乡间转入城市，而弟妹们又都进了学校，我的负担，却逐渐加重，自己考虑之下，工作还是减少不得。于是我到北京来读书的计划，经过三年的拖延，只得完全放弃"。发表于1947年1月21日北平《新民报》副刊《北海》的《除夕黄诗》记载了供职"世界通讯社"时的住所："予二十五岁（误，应为二十八岁——笔者注），混食世界通讯社，寓南城北堂子胡同。"

此时期，张恨水身兼多职，认为自己"是个失学青年，我知道弟妹们若再失学，那是多大的痛苦，所以我把在北京得到的薪资，大部分汇到南方去，养活这个家，也唯其如此，我成了新闻工作的苦力，没有心情，也没有工夫，再去搞什么文学"[①]。

二、1924年至1925年：从潜山会馆到铁门胡同

1924年3月16日刊发于芜湖《工商日报》副刊《工商余兴》署名恨水的信《覆香谷电》有如下叙述：

芜湖工商报香谷宗先生鉴，鱼电奉悉。水于真日迁入铁门七十三号丁宅，为近市以卜居，非择邻而出谷，偶攀旧苑之花，会逢其适，欲追前人之迹。其中"真日迁入铁门七十三号丁宅"。

---

① 张恨水：《写作生涯回忆》，1982年6月人民文学出版社第23页。

又，3月26日该报《春明絮语（续）》载：

予近迁居铁门七十三号，为青衣票友蒋君稼故宅。友人张香谷作函贺之，并谓蒋善歌，必有绕梁余音可闻。其事甚韵，予因作骈体文复之。

关于租住铁门胡同，包天笑《钏影楼回忆录续编》（香港大华出版社1973年9月第1版）《铁门小住》一文也有如此记载：

我住的这所房子，是铁门进去的第三所，门牌就是第三号……自从定居了铁门以后，有许多朋友知道了，时来见访。后来方知道张恨水也住在这条胡同里，我住在前进，他住在后进，他的朋友去访他，却也是我的朋友，先来访我。不过我们两人，这时还不相识，直到他后来到上海后方见面哩。

《覆香谷电》中所指迁居当指从潜山会馆迁至铁门胡同[①]。

因家事原因，张恨水约于1931年5月至1932年6月再次在此租住。

1924年4月16日，成舍我在北京西城区手帕胡同35号创办《世界晚报》，日出四开一张。张恨水、龚德柏、余秋墨等人应邀合作。

张恨水的任务是编新闻。副刊《夜光》初由余秋墨主编。成舍我知道张恨水在南方发表过小说，所以请他为副刊写一部长篇。

---

① 铁门胡同位于北平宣武门外大街，宣武门至菜市口之间，北起西草厂街，南至骡马市大街。因有圈虎的铁栅栏得名，明朝始称其名。

《钏影楼回忆录续编》

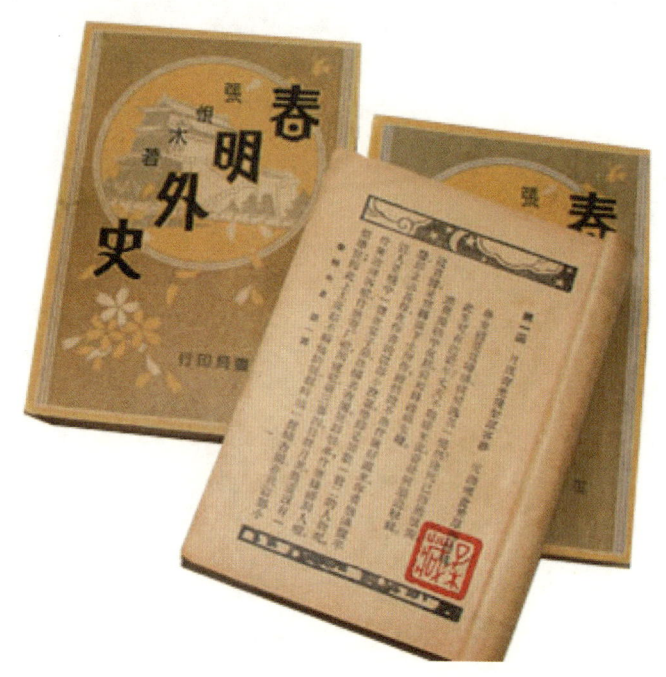

《春明外史》

五月中旬,余秋墨另有专职,副刊《夜光》由张恨水主编。因张恨水偏好文艺,所以副刊上的文字,他力求写得生动、活泼。

1924年4月16日至1929年1月24日,张恨水第一部有影响的长篇小说《春明外史》在《世界晚报》副刊《夜光》连载发表。全书约百万字,是一部以《二十年目睹之怪现状》为蓝本的谴责小说。通过新闻记者杨杏园与青楼雏妓梨云、才女李冬青的爱情故事,描写民国初年,北洋军阀政府时期的轶闻遗事和社会风貌,其中有些片段可看作民初野史,在一定程度上暴露了当时政治的黑暗。这是张恨水的成名作,而他自认为是一部"得意之作""用心之作"。

1925年2月10日,成舍我在北京又创办了《世界日报》,社址在石驸马大街甲90号。副刊《明珠》仍由张恨水主编。因工作繁多,应接不暇,为"保证比较好的稿子的来源",他在报上登出广告:"招考特约撰稿人"。应考人很多,由张恨水主考,最后录取了张友渔、马彦祥、胡春冰、朱虚白四人。每月每人发稿费十五元。(官伟勋《张友渔同志早期的新闻生活》,1980年《新闻研究资料》第4期)

三、1925年至1930年:从铁门胡同73号到未英胡同36号

春夏之交,张其范"考取北平女师大,大哥怕母亲挂念,遂把安徽芜湖的家,也搬来北京未英胡同。全家共十四口人,除二哥已有工作外,全依赖大哥的稿费生活……从无怨言,遇到经济困难时,就叫(家里佣人)老王打一两酒,买包花生米,借酒解闷而已"。(张其范《回忆大哥张恨水》)

未英胡同[①]位于南城前门西大街之西。关于租住的未英胡同(从铁门胡同73号迁此),张恨水《影树月成图》(1944年12月12日重庆《新民报》)描述:

> 未英胡同三十六号,以旷达胜。前后五个大院子,最大的后院可以踢足球。中院是我的书房,三间小小的北屋子,像一只大船,面临着一个长五丈、宽三丈的院落,院里并无其他庭树,只有一棵二百岁高龄的老槐,绿树成荫时,把我的邻居都罩在下面……月租三十元。

---

① 未英胡同,又称未央胡同,原名"喂鹰胡同",位于宣武门、和平门之间。

我家住未英胡同整整五年，大哥和弟弟住前进，大哥住北屋三间——卧室、客室、写作室。写作室的窗子嵌着明亮的玻璃，窗外一棵古槐，一棵紫丁香……外婆和妈妈、嫂嫂、妹妹，住在后进，院子里有棵高大的四季青，我们常聚首树下，看书做针线。（张其范《回忆大哥张恨水》）

1927年2月15日至1932年5月22日，张恨水长篇小说《金粉世家》在北京《世界日报》副刊《明珠》连载发表。

小说描写北洋军阀统治时期，国务总理的儿子金燕西与普通人家姑娘冷清秋由恋爱、结婚到离弃的故事，表现了豪门的盛衰过程，也在一定程度上反映了上层社会的腐败。被誉为"民国时期《红楼梦》"。

1929年春，张恨水应上海《新闻报》副刊《快活林》主编严独鹤之约，1930年3月17日至11月30日，长篇小说《啼笑因缘》在上海《新闻报》副刊《快活林》连载发表。

《啼笑因缘》共22回，约24万字。通过平民化的阔公子樊家树与大鼓女沈凤喜的爱情悲剧，揭露军阀罪行。该书是一部以言情为经，以社会为纬，旨在暴露的作品。1930年12月上海三友书社出单行本，以后再版约二十次以上。《啼笑因缘》发表后，在市民阶层中引起了很大反响。不久，被上海文艺界改编成了话剧、电影和弹曲。为取得电影摄制权，上海"明星电影公司"和"大华电影社"还打了多日的官司。（徐铸成《报海旧闻》，1981年2月上海人民出版社）

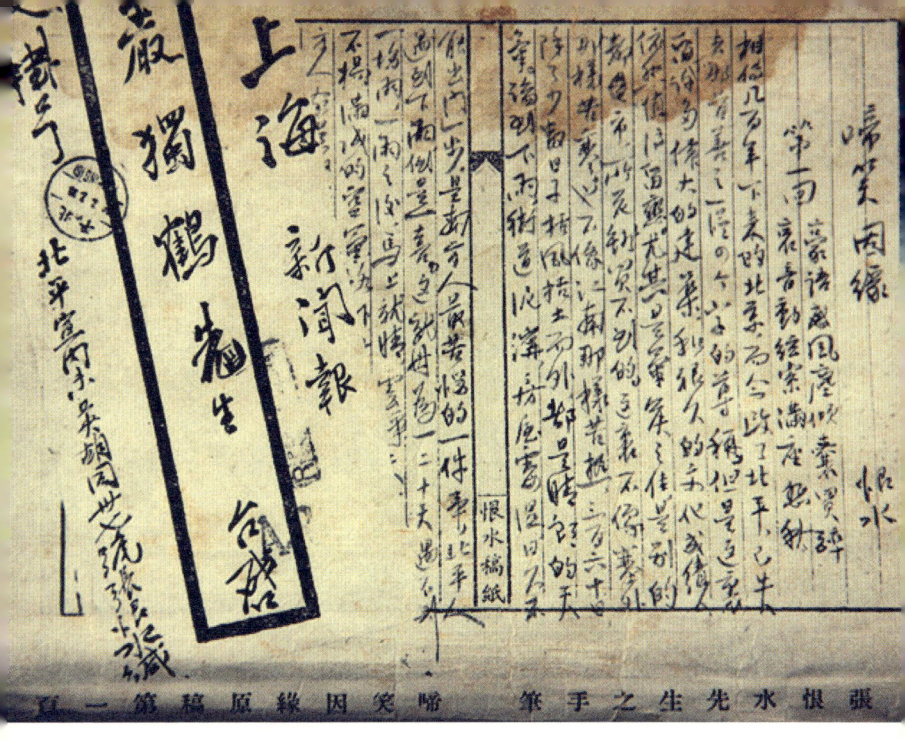

1930年，小说《啼笑因缘》手稿第一页。

1932年明星影片公司邀请严独鹤改编，胡蝶、郑小秋主演，拍成同名电影六集，这是我国第一部部分彩色、部分有声电影。以后又多次拍成电影或电视。此书在新中国成立后亦多次再版。

《啼笑因缘》在《新闻报》副刊《快活林》连载之时，在北平还有另一个版本，即北平《世界日报》副刊《明珠》上于9月24日开始连载的《啼笑因缘》，同时围绕这一版本，发生了关于《啼笑因缘》的第一次版权纠纷。（石娟《〈啼笑因缘〉的两个版本——〈新闻报〉与〈世界日报〉之间的一段公案》）

四、1931年至1933年：从未英胡同、北华美专到大栅栏

1931年1月12日，张恨水由未英胡同卅六号迁至西长安街大栅栏十二号居住。月租四十元。

本月给钱芥尘信叙述："弟十二日迁寓西长安街大栅栏十二号，此大栅栏三字，读大扎啦，别于前门外之大珊滥（大栅栏）也，以后有示，请即直寄此处。"（《张恨水对张新红态度之一封书》，本月18日《上海画报》）

关于大栅栏[①]十二号，发表于1944年12月12日重庆《新民报》的《影树月成图》记载：

> 以曲折胜。前后左右，大小七个院子，进大门第一院，有两棵五六十岁的老槐，向南是跨院，住着我上大学的弟弟，向北进一座绿屏门，是正院，是我的家，不去说它。向东穿过一个短廊，走进一个小门，路斜着向北，有个不等边三角形的院子，有两棵老龄枣树，一棵樱桃，一棵紫丁香，就是我的客室。客室东角，是我的书房，书房像游览车厢，东边是我手辟的花圃，长方形有紫藤架，有丁香，有山桃。向西也是个长院，有葡萄架，有两棵小柳，有一丛毛竹，毛竹却是靠了客室的后墙，算由东折而转西了，对了竹子是已拍雕格窗户，两间屋子，一间是我的书库，一间是我的卧室与工作室。

---

① 大栅栏（Dàshílànr），是北京市前门外一条著名的商业街。现也泛指大栅栏街及廊房头条、粮食店街、煤市街在内的一个地片。大栅栏地处古老北京中心地段，是南中轴线的一个重要组成部分，位于天安门广场以南，前门大街西侧，从东口至西口全长275米。大栅栏，兴起于元代，建立于明朝，从清代开始繁盛。大栅栏的由来，要追溯到明代孝宗弘治元年。当时，北京有"宵禁"，为了防止盗贼隐藏在大街小巷之内，由朝廷批准，在北京很多街巷道口，建立了木栅栏。

再向东，穿进一道月亮门，却又回到了我的家。卧室后面，还有个大院子，一棵大的红刺果树，与半亩青苔。我依此路线引朋友到我工作室来，我们常会迷了方向。

1931年上半年，张恨水以稿费收入创办了北平华北美术专门学校①，设国画系、西洋画系、师范系。9月1日正式开学，由其弟张牧野出面主持工作，他自任校长，并兼国文教员，专门讲授古典文学和小说创作的课程。

学校租用原光绪军机大臣、礼部尚书兼总理各国事务衙门的裕禄府邸（后为北洋政府总理姚氏花园）为校舍，校址在北平东四十一条21号。关于该校校址，张恨水的《写作生涯回忆》及发表于1936年9月1日《南京人报》副刊《南华经》的《我友集：花儿匠老方》一文，及该校首届学生梅荆丞的《我师张恨水二三事》文中均有该校校址的记述。郝漾《回忆我父亲郝耕仁与名小说家张恨水的友谊》一文描述：

外表是中式古典建筑，富丽堂皇。内部住宅已改为西式。游廊曲折，庭院深深，花木繁茂。后园有假山池塘（用池塘土堆砌成山，嵌有太湖石，山上有座亭子，可以瞭望花园全景）。园内树木参差，浓荫四蔽，环境十分富丽幽美。

---

① "北华美术专门学校"是私立学校，有学生二百多人，因收费不高，颇有声誉。齐白石、徐悲鸿、李苦禅、刘半农等曾担任该校教员，1937年"七七卢沟桥事变"后宣布解散。

张恨水在1942年10月3日重庆《新民报》晚刊的《黄粱余话：吉兆胡同及东四十一条》一文里，较详细地记述了北华美专情况：

段祺瑞为临时执政时，执政府在铁狮子胡同陆军部。而办事地点，实在吉兆胡同私宅。宅为徐树铮吴光新等合资建筑以献段者，盖先此数年之事也。吉兆胡同原名鸡爪胡同，建段宅后，始改此名。宅为中西合璧式，略布园囿花石，洁朴而不甚华丽，颇合段意。唯地处曲巷中，冠盖来往，较为不便。然其袍泽，初未料有作执政行署之一日，因依阴阳堪兴家之选择，乃选中此地。及车马盈门，虽不克易之，以为风水所关，乃窃喜焉。段除就执政职时，甚少往陆军部，即经常之执政会议，亦在吉兆胡同举行。而盛大之宴会，则借东四牌楼十一条胡同姚国桢兄弟住宅为之。（北平人简称东四十一条）姚宅旧为直隶总督裕禄私宅，姚得后，复事翻造，建有极大之宴厅。（此厅后为学校礼堂）厅外则为花园，清幽伟丽，兼而有之。当时人甚怪姚氏何以不用宴客，不知乃段氏借花献佛也。此宅，姚后抵押于安徽同乡会，同乡会复租于北华美术学校。梦中人执粉笔于此，曾借栖三年，转校姚氏自住时为久。某所住之一室，曲廊环绕，前院松竹杂植，后院紫藤盈架，瓷石铺地，檀木雕窗。花气袭人，纤尘不染，何物书生，乃得享此，今日把笔思之，悠然神往，真个恍然一梦也。

因此，这里成了张恨水在北平工作与创作地之一。

五、1933年至1936年：从大栅栏到大方家胡同

"二十二年春，长城战事[1]起。我因为早已解除了《世界日报》的聘约，在北平无事。为了全家就食，把家眷送到故乡安庆，我到上海去另找生活出路。而避开烽火，自然也是举室南迁的原因之一。"为躲避战乱，张恨水将女眷迁至安徽安庆。

1933年9月，形势好转后，张恨水将回安徽躲避战乱的女眷接回后即已租住于此。租北平国子监大方家胡同[2]十二号居住。月租四十元。

北华美专董事刘半农1934年1月4日日记有如下记载：

与牧野、颖孙同往方家胡同看恨水，值出，入其书斋中小坐，牧野云，恨水即将往西北旅行。

在1944年12月12日重庆《新民报》发表的《影树月成图》一文中，张恨水对大方家胡同作了如下描述：

以壮丽胜。系原国子监某状元公府第的一部分，说不尽的雕梁画栋，自来水龙头就有三个。单是正院四方走廊，就可以盖重庆房子十间，我一个人曾拥有书房客室五间之多。可惜树木荒芜了，未及我手自栽种添补，华北已无法住下去。

---

[1] 指1933年3月至5月，中国军队在长城的义院口、冷口、喜峰口、古北口等地，抗击侵华日军进攻的作战。
[2] 大方家胡同位于北京朝阳区东南部，智化寺北侧，呈东西走向。东起小牌坊胡同，西至朝阳门南小街，南与禄米仓后巷相通，北与小方家胡同、芳嘉园胡同相通。

六、1946年至1951年：从北平北沟沿甲23号到砖塔胡同43号

1946年3月初，张恨水由安徽安庆到南京乘飞机抵达北平，投入北平《新民报》筹备工作中。4月4日，北平《新民报》创刊。张恨水任经理兼副刊《北海》及后来增加的《新民报画刊》（三日一期，每期八开一张，随报赠送）主编。

北平《新民报》社位于北平东交民巷西口瑞金大楼内，初回北平的张恨水，先住在报社，12月，周南携张明明、张蓉蓉从安庆到南京乘飞机前往北平，迁往新买的北沟沿甲23号（又称"南庐"，后改36号）。其余家眷尚留安庆，1947年3月，由张文专赴安庆迎接，从安庆乘江轮到达上海，然后再乘海轮到天津，乘火车抵达北平。除张恨水母亲和徐文淑留在安庆外，其他家眷均前往北平。

张正的《爸爸妈妈和我们》（《张恨水研究论文集（二）》，1998年6月安徽文艺出版社）记载：

> 北沟沿甲36号（系后改号，原为23号——笔者注）是四进大宅院……抗战胜利后，接秋霞和晓水到京，先住新民报社宿舍，1948年生张正后，搬进北沟沿……妈生我后，体质不好，营养也不够，而我得了软骨病，后又患中耳炎。她想到夭折的两个姐姐，看到（生病）需要安静的父亲，（1950年）带我和哥哥搬到离砖塔胡同不远的白塔寺后面大茶叶胡同19号……重大节日，特别是旧历年，我们一大家子一定要在砖塔胡同的家团聚。

北平北沟沿甲23号位于今赵登禹路，就在砖塔胡同和北沟沿（今赵登禹路延伸太平桥大街）交口北侧，离砖塔胡同很近，它的前门在赵登禹路，后门开在砖塔胡同。这里是张恨水十分喜爱的一处居所。

房子有四进院落，三十多间房，陈铭德、邓季惺送西式家具一套，张恨水自己买了书橱、写字台、转椅、多宝格、大圆桌、小茶几等红木家具。前院是汽车房和门房，有一棵高大的椿树，中间是浅绿色的四扇门，转过门是中院，院内有两棵槐树、两棵枣树、一棵白丁香树、一棵榆树。三进院内各有一棵开白花的桃树、槐树。房后是狭长的后院，有二棵桑树。张恨水的书房位于中院，书房前是一片牡丹花圃，有两盆石榴树盆景，书房的窗前有两个大金鱼缸，里面没有养鱼，种着荷花；张恨水自己在甬路两旁种满"死不了"（洋齿苋）以及众多的草本花。朋友张万里送的一棵藤萝种在前院，并支起架子。院内可谓花木扶疏、绿荫掩映。书房内四只有玻璃窗的红木书橱，装满他到北平新买的2500余册的线装《四部备要》，多宝格上既放有"假古董"，也有亲手制作的小盆景，可谓书香袭人，充满着浓郁的诗情与画意。（据张伍、张羽军、张明明描述整理）

七、1951年至1967年：砖塔胡同43号

砖塔胡同43号（后改为95号）则是张恨水在北京最后的居所，是一处十分重要的故居。

砖塔胡同43号不在砖塔胡同中段，而在砖塔胡同西段，几乎近砖塔胡同西口。砖塔胡同是一条比较长的胡同，东口斜对西四北大街和西安门大街交口，西口和太平桥大街（原赵登禹路）相接。

1957年冬，张恨水（右二）及夫人周南（右三）和堂兄张东野（左一）、堂侄张羽军在北京砖塔胡同43号院中留影。

1949年5月28日，张恨水在家中辅导二子二水、三子张全外语时，因高血压病突然发作，致左半身不遂，在北京中和医院住院治疗一个多月后回家调养。他的病情恢复较好，病后二个月，即能"呀呀学语"，三个月能"扶着手杖出门看望老友"，并练习写字。

张恨水高血压病发作而致中风（脑溢血）的原因是多方面的，除了长期写作多年劳累外，还有王达仁[①]的政治诬陷以及1948年大

[①] 《北平新民报》总编，张恨水任经理兼主笔。1948年，因政治压迫，张恨水曾在报纸上发表了一些有利于国民党政府的社论。1948年年底，张恨水辞去报社职务。1949年3月2日，王达仁写文章抨击张恨水是国民党特务迫害《新民报》的帮凶。张恨水因此受到很大打击。

20世纪60年代初，张恨水在北京砖塔胡同43号家中伏案写作。

中银行经理王锡桓[1]的经济坑骗。

1949年7月2日，中华全国文学艺术工作者代表大会于北平开幕。毛泽东、周恩来、朱德等中央领导同志亲临大会，作了重要指示。会议产生了全国文联。张恨水被邀请参加大会，但因病未能出席，会后，周总理派人专程看望他，送去了大会文件并一套约50本的《大众文艺》丛书。（张伍《雪泥印痕：我的父亲张恨水》）

---

[1] 大中银行经理。曾鼓动张恨水把所有积蓄换成黄金存入银行。北平解放前，王锡恒携黄金逃往台湾，致张恨水全部积蓄化为乌有。

1966 年砖塔胡同全家福

1950年4月,张恨水身体逐渐恢复,开始练习写作。

因生活困难,1951年6月1日,卖掉北沟沿房子,搬至砖塔胡同西口43号(后改95号)。

砖塔胡同系典型的北京胡同,西口是北沟沿(今赵登禹路),东口是西四牌楼。东口有一座小庙,庙内有一座高一丈五尺的七级灰色砖塔,砖塔胡同因此得名。此胡同历史悠久,已有六七百年历史。

砖塔胡同43号距离原北沟沿房子后门约百米左右,是一所典型的小住家儿的四合院,有十间房子和一个小院子。张恨水自1951

原砖塔胡同95号大门旧址
原砖塔胡同99号大门旧址

| 原砖塔胡同 95-99 号旧址（洪克珉摄）

年夏天入住之后，就再也没有搬过家。这里是张恨水生命的归宿。

综上所述，张恨水自1919年秋赴北京，至1967年在北京逝世，先后有11处住所，其中会馆2处：歙县会馆、潜山会馆；报馆3处：益世报馆、世界通讯社、北平新民报社；租住4处：铁门胡同、未英胡同、大栅栏、大方家胡同；私房2处：北沟沿甲23号、砖塔胡同43号。

张恨水最初受新文化、新思想所召唤，抱着到北京大学求学深造的愿望而至北京，然而却最终走入职场，与文字结缘，在北京扎

北京砖塔胡同 95 号

砖塔胡同 95 号故居大门（洪克珉摄）

下了根；在这里，他娶妻（胡秋霞、周南）生子、建功立业，直至终老。为何他对北京一往情深？因为这里不仅有他的事业、有他的读者，更有他喜爱的、一个外乡人所感受到的古都深厚的文化气韵。

【背后故事】

编报戏语

三十年报人生涯，张恨水曾任职北京《益世报》《世界晚报》《世界日报》《今报》《真报》《朝报》《北平新民报》，远东通讯社、世界通讯社、联合通讯社，上海《申报》《时事新报》《立报》，芜湖《工商日报》驻京记者，重庆《新民报》，并自费创办《南京人报》。

其中,与成舍我创办的世界报系、与陈铭德创办的新民报系交集时间最长,也因之留下了诸多轶事。

1918年,张恨水经好友郝耕仁介绍,加入芜湖《皖江日报》,正式进入报界。在芜湖,张恨水接受了五四运动的洗礼,迎受了现代文明的强大冲击,他的生活、人格与创作才有了新转机。张恨水后来回忆这段生活,撰《丑奴儿·与郝耕仁合作》予以记录:

(郝)三更三点奈何天,手也挥酸,眼也睁圆,谁写糊涂账一篇?
(张)一刀一笔一糨糊,写了粗疏,贴也糊涂,自己文章认得无?

1936年4月8日,张恨水用稿费创办的《南京人报》创刊号(四开四版小报。张恨水任社长,张友鸾任副社长兼经理)正式出版,并亲自主编副刊《南华经》,每日连载两部小说新作:《鼓角声中》及《中原豪侠传》。"由于上下同心,出版的第一日就销售一万五千份,这在当时是个很高的数字了。"对此,张恨水曾撰《灯下打油》一诗予以描述:

得"忙"字

楼下何人唤老张,老张楼上正匆忙。
时钟一点都敲过,稿子还差二十行。
日里高眠夜里忙,新闻记者异平常。
今生倒做包文拯,日断阴来夜断阳。
齿牙半动视茫茫,已过中年底事忙?
应是要当姜白发,还图八十遇文王。

创作成就

张恨水纪念馆第三展厅，重点介绍了张恨水创作的小说、散文、诗词等在内的三千多万字的代表性作品。其中引人关注的是展柜中陈列的民国版本小说原作，以及张恨水生前使用的砚台、笔筒等物品，从一个侧面再现了张恨水文学创作成就。

张恨水经典作品陈列

张恨水是一位报人,但成名的却是小说创作,尤其是长篇小说。在其洋洋洒洒二千余万字的小说世界里,塑造了众多处于社会底层、命运坎坷、清新可人的人物形象,展现了20世纪上半叶中国社会众生相,深得读者喜爱。

从1913年张恨水在苏州蒙藏垦殖学校首次创作文言短篇《旧新娘》、白话短篇《梅花劫》向上海《小说月报》投稿,至1963年创作长篇小说《凤求凰》止,从事创作50年。几乎每写一部作品,都有新的探索和摸索,力求创新。"精进不已"可以说是对他最恰当的评价。张恨水对自己的小说创作有几种评语:一是"力作",二是"引人注意之作",三是"用心之作",四是"随意想,随意写"或"不大感兴趣之作"。(《写作生涯回忆》)

张恨水一生"精进不已",在他的三千多万字的作品中,仅抗战作品就达八百余万字之多,体现了强烈的家国意识。

民国"红楼梦"《金粉世家》
——曾经拥有与天长地久的爱情抉择

1927年2月13日至1932年5月22日,《金粉世家》在北平《世界日报》副刊《明珠》连载。1932年由上海世界书局出版单行本。

小说是张恨水早期新闻生涯积累的生活素材的一次喷发,借"六朝金粉"的典故,铺叙了豪门从繁华到衰败的历程,以豪门之子金燕西和平民之女冷清秋由恋爱、结婚到反目、离散婚姻悲剧为主要线索,描绘了北洋军阀统治时期国务总理金铨一家的兴衰过程,揭露了上层社会荒淫无度、堕落糜烂的生活。

小说有明、暗两条线索,明线是冷、金的爱情,是主线;暗线是金家丫鬟小怜和柳春江的爱情。家道中落的书香淑女穷学生冷清秋,才貌双全,深深吸引了北洋军阀内阁总理之子金燕西。涉世未深的经历和爱慕虚荣的世俗观念,使冷被金燕西的"风仪"和金钱所迷惑,落入缠绵的情网之中,终于与金燕西结婚。本想就此过上幸福、安宁的生活,孰料结合之日竟是悲剧开始之时——婚后金燕西对妻子形同陌路,依然挥金如土、花天酒地。冷清秋感到人格和自尊受到伤害,遂决心过自食其力的生活,在一场大火中抱着孩子离家出走。

小说熔中国古典小说和西洋小

▌金粉世家

说刻画人物笔法于一炉，塑造了一批性格鲜明的人物形象，描绘了一幅乱世之秋封建大家族摧残爱情、毁灭人性的巨幅画卷，既鞭挞了封建意识又讴歌了人性中的真善美，既有厚重的历史感，又有鲜明的时代气息，被誉为民国版"红楼梦"。

张恨水在这部小说中成功塑造了女主角冷清秋这一典型形象。冷清秋是20世纪初叶中国传统道德与现代意识相结合的女性典型——具有林黛玉的才情、孤高与多愁善感，现代知识女性对自由、平等的追求，对人格独立、经济自主的向往，最终踏上"流自己的汗，吃自己的饭"的自食其力之途。

在《金粉世家》创作前后，在新文学作品中出现了《伤逝》《日出》等现代名著，均提出了"五四"后妇女解放的问题。相比较而言，冷清秋却有着特殊的认识价值和美学意义。与子君比，比子君有头脑、有见识，有自食其力的筹划与准备，所以，没有重蹈子君的覆辙；与陈白露比，朴实清高，洁身自爱，出污泥而不染，具有传统女性吃苦耐劳的韧劲，所以，她离家出走后没有堕落，而是凭自己的知识和劳动，过着清苦自立的日子。因此，冷清秋是20世纪20年代从传统逐步迈向现代的转型期知识女性的代表人物——现代意识使她追求经济自立、人格平等，传统的影响使她安贫乐道，不追求物质生活的奢靡。

陈白露出走后堕落了，终于在无力自拔中自杀；子君出走后不久，又重回到封建家庭的牢笼中，在烈日的威严和冰霜的冷眼下枯萎。冷清秋没有重演陈白露和子君的悲剧，凭自己的力量，闯出了第三条路。

言情传奇《啼笑因缘》
——独特的文化思虑与人性情调

1930年3月17日至11月30日,《啼笑因缘》在上海《新闻报》副刊《快活林》连载。同年12月由上海三友书社出版单行本。

1929年5月,上海新闻记者视察团到北京参观,在欢迎宴会上,由钱芥尘介绍,张恨水认识了上海第二大报《新闻报》副刊主编严独鹤。两人一见如故,严独鹤邀请张恨水为《新闻报》撰写一部连载小说,张恨水答应了。连载期间,轰动一时,受到读者的狂热欢迎。"上海市民见面,常把《啼笑因缘》中故事作为谈话题材,预测它的结果。"文坛上竟有"啼笑因缘迷"的口号。连商人登广告,也要求在靠近《啼笑因缘》的版面上。小说连载后,严独鹤等人立即注册了一个"三友书社",专门出版《啼笑因缘》单行本,短时间内重印多次,成为红极一时的畅销书。不久,又被改编成戏剧、电影和评弹、说书等。当时上海"明星电影公司"和"大华电影社"为争夺摄影权还打了一场官司,成为社会上的热门新闻,进一步扩大了小说的影响力。此后,小说至今再版30多次,影响至今不绝,这在中国现代文学史上是很少见的。张恨水也因《啼笑因缘》这部小说而成

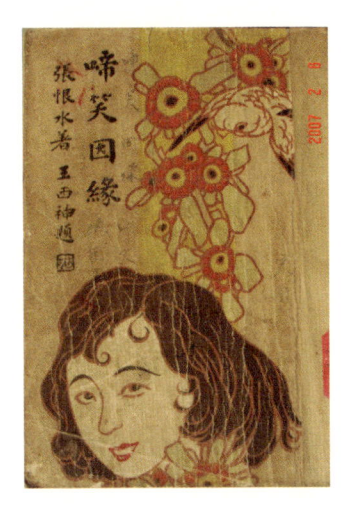

▌ 20世纪30年代,上海三友书社初版《啼笑因缘》。

为全国闻名的章回小说大家。

小说连载完后,许多读者兴趣未尽,希望有续集。当时不少作者和书商们为了营利,未经原作者同意,出版了许多续集。1932年,张恨水出于义愤,为了不让别人在他作品上泼污水,在读者和友人的敦促下,抛弃此书"不能续,不必续,也不敢续"的初衷,又续写了10回,并于1933年出版。

小说叙述了青年学子樊家树于北京天桥结识武师关寿峰父女,又在先农坛与唱大鼓词的姑娘沈凤喜一见倾心,其表兄嫂却想撮合他和财政部长的千金何丽娜的姻缘。何模样酷似沈,但樊见何花枝招展、挥金如土,并无好感。家树资助凤喜上学,以帮助她摆脱贫困卑贱的生活。母亲病重,家树回杭探视,回京后却发现沈为军阀刘将军霸占。沈虽割舍不了对樊的感情,却又为刘将军的财势而变心。樊理解沈的遭遇,用情依旧。沈与樊相会,被刘发现,毒打成疯。关寿峰之女秀姑化名进刘府做工,将刘诱杀于西山上。何丽娜隐居西山别墅,学佛吃素,关秀姑将家树带上西山让樊何相会。事后,关寿峰父女远走东北,参加了义勇军。

《啼笑因缘》于爱情纠葛之中穿插封建军阀强占民女及武侠锄强扶弱的情节,富有传奇色彩,体现了"社会""言情""武侠"三位一体的艺术大融合。张恨水说,"到我写《啼笑因缘》时,我就有了写小说必须赶上时代的想法。"小说注意映照社会现实,也注意到了读者群文化意识的变化,因此在《啼笑因缘》里,"才子佳人"的角色被普通民众所取代,反封建思想和平民精神得到了张扬。

情之韵律《夜深沉》

——一部大变革时代小人物的沉浮史

1936年6月27日至1937年3月7日上海《新闻报》连载，1944年上海三友书社出版单行本。

《夜深沉》描述的不是大家族里的情仇爱恨，而是20世纪30年代中国北方下层民众的生活和情感。小说以犀利的笔触揭示了20世纪30年代社会动荡所带来的文化多元化、新旧价值观的碰撞以及那个大变革时代小人物的挣扎、奋斗和无奈。

故事发生在北平，清纯美丽的落魄艺人杨月容与出身富贵却被赶出家门的马车夫丁二和偶遇，二人互生情愫。月容拜师学艺后成了戏班子的红角，被追捧的感觉让她一度迷失了自我，待她幡然醒悟，已经物是人非。后来，月容在商人刘明德的指引下来到上海，寻求成为电影明星的梦想，当事业就要走上巅峰的时候，她却发现刘明德借以发迹的原始资本竟是骗取了二和父亲留给二和的遗产……故事凄婉悱恻、人物命运跌宕起伏，折射出那个年代人们的生活现状和情感取向。

小说描写车夫丁二和与卖唱女王月容的情感纠葛，情节曲折，扣人心弦；挖掘人性，深刻透彻；男女主人公恋爱挣扎愁闷的心理刻

《夜深沉》

画,尤为细腻。特别应该指出的是,"夜深沉"原是戏曲《霸王别姬》中"虞姬舞剑"的一段曲牌名,张恨水匠心独运地将这二胡琴曲贯穿小说始终,成为牵系男女主人公悲欢离合的纽带与情节发展的线索。不仅小说的多数场景都是发生在深沉的夜晚,而且小说的基调就是黑沉沉的清冷悲凉,"夜深沉"象征着丁二和与杨月容命运的悲惨,揭示着社会的冷酷黑暗。

"夜深沉"三个字也成为多义性的象征:第一,这部小说的多数场景都是发生于夜晚,紧扣着"夜"字,而且有众多"夜景"的场面描写;第二,整部小说的主调就是"夜深沉"三字的感觉,沉重而清冷,深沉而悲凉,《夜深沉》曲子的悲凉,正呼应了全书无奈悲戚的风格;第三,《夜深沉》一曲子贯串全书多次出现。两人因《夜深沉》调子结缘,之后全书以《夜深沉》曲调作为男女主角感情的重要牵系。第四,"夜深沉"三个字也象征了两人命运的捉弄与社会恶势力的威逼。就小说的构思巧妙、结构完整和人物塑造的丰满而言,《夜深沉》比之《啼笑因缘》是更胜一筹。

这是张恨水创作的最后一部"纯写言情"的小说(抗战之后,张恨水已不写这类纯言情的题材)。

《夜深沉》并未传达什么太深刻的人生思考,张恨水也从来不是以"思想性"或"哲理性"取胜。他善于经营情节、塑造人物,把故事与人物心事"说"得非常动人。当然这部小说最动人的还不是那曲折的情节,而是写人物的情感、情致与情绪。其中丁二和老实、深情、执著、木讷的形象,刻画得尤其生动——苦闷、无奈又善良的模样娓娓道出。小说对月容的思绪描写也十分细致。《啼笑因缘》里对沈凤喜活泼又爱慕虚荣的个性多所伏笔,有一种娇态可掬的自然美，但月容除了一开始善待体贴他人的温婉外，却较偏重遭遇与矛盾心绪的陈述。

其实，《夜深沉》与《啼笑因缘》在情节结构上极为相似，同是卖唱女子受到男子援助，社会地位因而提高。但女子却难抵物质的欲望而变心，最后都受人侮辱遗弃。凤喜与月容却没有秦瘦鸥《秋海棠》里的罗湘绮有着即使遭致迫害也要爱下去的狂热。她们听任胆怯与经济欲一再控制自己，又一再悔恨。而张恨水总是给她们"一失足成千古恨"的结局，凤喜发疯、月容一再地掉入坏人的圈套之中无力自拔。

线里线外《平沪通车》
——一幕惊险百出的柔性艳情

1935年1月1日至12月1日上海《旅行杂志》第九卷1至12号连载，1941年8月上海百新书店出版单行本。

《平沪通车》是张恨水先生的名作之一。时代背景是一九三五年前后。这部小说有着对20世纪30年代平沪"特别快"列车全景式地记述，充分体现了社会政治状况对新式交通工具内部空间的辐射，以及小说文本对这种意识形态叙事的

《平沪通车》

记录与想象。伴随着火车从北平向上海的运行，小说叙事层层推进，以美人计为中心的阴谋也一点点显出端倪并最终实现。少妇柳絮春悉心编织了一个圈套，借助火车车厢内部空间及火车运行规律，使中年银行家胡子云逐步上钩。对于柳系春而言，这一趟列车无疑是一个实现阴谋的完美道具。

银行家胡子云携带巨款，乘坐火车由北平赴上海，他具有一副政客的体貌（白皙乌须而态度稳重）正做着醇酒妇人的春梦。他在餐车邂逅没有买到卧铺票的绝色女郎柳絮春，乃聊之，竟然有远房亲戚的瓜葛。他见色起念，百计接近，不知女郎早有预谋，多番转折后，从他日思夜梦的虚拟幻境进入实体操作，当夜便坐一处，度过火车上的浪漫春宵。次日旧情重温，晚上到达苏州站时，停车较长时间，当银行家醒来，火车已将抵上海，他的巨款早已经不翼而飞——游戏已经结束。颠鸾倒凤辉煌胜利之后，立刻就暴露了它的本质——骗术。银行家傻了，随后他疯了。又过了几年，穷愁潦倒的他又在苏州站遇一女流，像极柳絮春，他触景生情，追了上去……

火车车轮滚滚，而情节也随之吊诡谲奇。这么一个柔性、艳情的故事，写得惊险百出，笔力不稍衰。其叙事风格是稳重大方而波澜迭起。

主人公闲情横流，放肆尘想。对其艳遇益发坚信不疑。女角对其控制，也如机床齿轮之咬合，严丝合缝，动弹不得；最能迷惑人的九尾狐狸精，或如运用阿斗，心算之间就钦定了他的天下。

江山可改，人性难移，在一个混乱冥顽的物质社会，若有西施王嫱倩影入梦，那多不是巧笑美目的欢好，而是白骨精取命剜心的利刃。胡先生一时糊涂，为一己的欲望所牵制，而击毁在对方人性贪欲的遏制之下。

张恨水先生的叙述笔法，有这样一种魔力，丝丝入扣，绵密紧凑，而又一波三折；每每有那关键之点，端的是针插不进，水泼不进。拆白党的女角，似乎也丝毫没有佻达不雅的作态，女角的诱惑过程，她的破绽好像微风掀起的衣襟，亦藏亦隐，很快又是夜阑风静縠纹平，即使说，男主人公发现了破绽、不对劲，但却甘愿受骗——发现了骗局却并不相信这是一个骗局，把吴钩看了，把栏杆拍遍，也还是无人会登临意。张恨水的这一支健笔，好像万吨闸门，捐住了宏深的水泊，不动声色，到了开闸的时候，只见万钧雷霆，咆哮而出，悲剧之不可挽回，由是定型。当中包含的洞察与解构，稳稳当当地立定在那里。写到女郎苏州下车一段，直是惊心动魄，好像身历一场大型政变一样，种种处心积虑的计谋重锤一样砸着人心。

胡子云最后疯狂了。他又来到火车站，又看到了和先前的他一样身份装束的大亨男子，正在及时地为那不相识的妙龄女郎大献殷勤。子云叫道："喂！你不怕上当吗？""然而天下上女人当的，只管上当，追求女人的，还在尽力地追求……"读者似不能因有惨痛之一面，而忽略其有教育针砭意义之一面。西方有句谚语说：你骗我第一次，你应该感到羞愧；你骗我第二次，我应该感到羞愧。但对于一种深入骨髓的骗术，要后悔却噬脐莫及。

女人善敲竹杠，西方谓之挖金姑娘。至不惜以最欺诈之手段达致其目标，谋划之深沉、手腕之灵敏，恰与奸商为富不仁上下其手配为佳偶。风姿绰约，明目善睐，外在身段无限柔软，而内里同样硬狠心肠。是蛇蝎，谁近之，则咬谁。此类人在社会交际中，所伤害者，为不同的个体，如在政坛上，所愚弄颠倒者乃是无数人间良善、无数的无告小民。巨奸大恶，和拆白党女角实在同一城府，同一手腕，同一邪恶；只是前者玩弄生命，杀人无算，而美其名曰理想社会，幸存者之抚膺痛哭，并不能消泯其伤害于万一。所以专制社会，最是生长骗子的土壤，情感骗子和政治骗子一样出色、一样生生不绝。他们运用了组织，控制了民众，渗透了社会的阵营，施用了毒辣的谋略，真是民族之极大危机，也是人类无比的厄运！反之，在民治民有民享的社会，由于有选举制衡等有效手段，政客无论怎样的狡狯，他都难以成为"挖金姑娘"，他要有分外之想也可以，但得付出劳作和真情，还只有一分钱一分货；而人民，却能以最低的代价，享受到最大的"艳福"。

"呜"的一声，火车开了，把这个疯魔了的汉子扔在苏州站上，大雪飞舞着，寒风呼呼的空气里，他还在叫着呢！

基于此，这部小说具有深刻的社会警示意义。

中国"茶花女"《满江红》
—— 说不尽的秦淮河

（一曲相知、相恋而无奈的人生与爱情悲歌）

1932年9月上海世界书局出版单行本。

小说叙述的是民国时期南京秦淮河旁女戏子李梅芬和青年画家于水村的爱情故事。

于水村因为社会动荡无以为生，就坐船去南京投奔他的朋友梁姓夫妇。在行船的路上遇见相貌美丽，打扮时髦的女子李梅芬，他们在拥挤的船上，于对着滚滚江水说："月涌大江流。"李梅芬接了一句千家诗"月光如水水如天"。二人因此彼此注意并心存好感。

下船时，于水村落下了装画画用品的篮子，李梅芬在拥挤的人群中送还给他，并把她的手帕遗忘在篮子里，而他们的爱情故事就此展开。

于水村到了他朋友的住处，发现了那块手帕，被他的朋友嘲笑，并断定她并非什么女学生，可于水村却深信不疑。李梅芬得知他在"夕照寺"住，前来看望他。他久久不愿意她的离开，她也在他目光的游离中懂得了他的心思。后来于水村去市里办事，他的同学请他去戏园子看戏，才知道李梅芬是戏子，他十分失望，也因此知道她艺名叫"桃枝"。

《满江红》

爱情，每个人都希望它是白玉无瑕的，可因了她戏子的身份，也就有了此后诸多的矛盾和误会。

李梅芬的爸爸从前是个不得志的画家，生前他的画不值钱，死后，画却暴涨，可身为女儿的她，却没有她父亲的一张藏画。所以，她看见落魄中的于水村，就鼓励支持他，并偷偷买下他的画，救济他贫困的生活。而她的钱，都是逢场作戏所得。

爱情，原以为是不可以染上尘埃的，可物质生活的捉襟见肘，又怎么可以轻言爱的纯净和坦白。

于水村的朋友相继出现困难，梁姓夫妇其中一人生病住院，于水村的朋友欲卖掉祖传三代的琵琶。李梅芬出五十元买了他的琵琶并送还他。可见李梅芬是一个江湖仗义的女子。而最后，都没有人知道是李梅芬出手救他们于危难时，而李梅芬所做的一切，无非就是冲着于水村，其中原因很简单，她是爱屋及乌。

在李梅芬买琵琶前，正上演完一出话剧《满江红》，讲的是一女子易衣救男子的故事。而这个故事，就是后来演变成李梅芬救于水村的一个真实情节。

一个偶然机会，于水村被一个伯乐赏识，渐渐有了地位，而那时，他与她，已是误会很深了。她打算嫁银行家为妾，结果婚席上银行家的原配大闹婚宴，于水村出言相救。因为他所喜欢的她，马上就要成为他人的新娘了，他很是苦闷，喝多了，李梅芬放心不下他，打算送他过江。结果船行一半着火了，开来了救艇只能救妇女和小孩。李梅芬看见醉酒中的他，脱下他的衣服，把自己的女旗袍换给他穿上，拖着他，送到小艇，他得救了，而她却没有获救。

张恨水用很朴素和细腻的文笔描绘了那个年代爱的凄凉，再现三十年代秦淮两岸市民阶层的悲欢离合。相爱，并不是一件困难的事，两情相悦也并不难，难的是相爱，却充满矛盾的阶级差距，是世俗的眼光，是两颗永远相爱的心却始终没有终点。

水村和梅芬，因为误会，便错过了。因为牵挂，又成就了另一对梁山伯与祝英台。这是没有多少心意的爱情故事。人物生活的时代，他们自身的职业，他们在社会的生存状况，即时代转型期的个体命运，比爱情故事本身，要更有趣得多。《满江红》将恋爱中的那些男男女女的心理的跌宕起伏写得异常生动，读者恍如自己亲临其境一般。一位敢爱敢恨近乎完美的秦淮歌女，坚强地面对社会的种种不公与屈辱，顽强抵抗，最终献出自己的生命。

小说将言情和传奇融为一体，是将六朝古都的文化底蕴与秦淮两岸的桨声灯影完美再现的世纪经典。

小说《满江红》的魅力，不仅在于描述了富有才气而不得志的画家于水村、小说家梁秋山、音乐家莫新野、摄影家李太湖以及歌女李梅芬等的抗争命运的过程，而且在于成功塑造了于水村、李梅芬的形象——对爱情、艺术的执着追求与献身。也许正是文本内在的底蕴，才是其被人们誉为中国版《茶花女》的原因。

中国版"伊豆舞女"《北雁南飞》
——致敬少年时代的爱情悲歌

这是一九三五年连载于上海《晨报》的一部社会言情小说。小说以张恨水少年时代在江西三湖镇的亲身经历为素材，以一对少年男女的爱情纠葛为主线，反映了清末民初江西三湖地区的社会风貌与风俗民情。

全书以作者少年时代在三湖镇的读书生活作为背景，主人公李小秋是以他本人为原型，李小秋父母李秋圃和李太太显然是拿他的父母张联钰与戴信华作为模特。

全书以揭露封建礼教为主旨，哀婉、清丽，读来令人为之回肠荡气。

这部才子佳人小说共三十六回，三十六万二千字。首发于上海《晨报》第四版，连载时段为一九三四年二月二日至一九三五年十月十八日。山城出版社多次印行该作单行本于1946年。

单行本自序中称:"这部书的命意,很是简单,读者可以一望而知。这不过是写过渡时代一种反封建的男女行为。虽然他们反封建并不彻底,在当时那已是难能的了。我若写他们反封建而成功,读者自然是痛快,但事实决不会那样。这书里,有些地方,是着重儿女情爱的描写,但笔者自信,无丝毫色情意味。相反地,那正是描写被压迫者的一种呼吁。现在大都市里,婚姻是自由了,可是看看穷乡僻野,像《北雁南飞》这种情节的故事,恐怕还很多。现在作父母的,应该比以前的人开明些,这书当可作为人父母的一种参考。"

小说不仅以李小秋和姚春华的爱情线索为主,还穿插描写了屈玉坚和大凤为爱情奋斗以及圆满结局,毛三叔和毛三婶之间的悲剧婚姻。这不同的爱情,不同的结局,不同程度上为实现主题起了铺垫作用。

《北雁南飞》

小说曲尽其致地描写了李小秋和姚春华之间那纯真的初恋，既是一部反封建的佳作，也是一部以情感人的佳作。

小说描写的是以纯美的笔触来表现初恋主题。小说总的风格舒缓、静逸，在含蓄中蕴涵着一股激情，在新的层次上探索了爱情的意义，这种艺术上的精巧，均表现了张恨水接受古典文学陶冶之深，作品只消清清淡淡、疏疏落落的文字就把青年男女的美好感情描写得纤屑不遗，足见是"以单纯取长，以清淡见胜"！小说以阴柔之美取胜，尽管小说美学和叙事方式不无狭隘与局限，而情节性叙述又成为小说的重心，成为描绘和抒情陪衬，却也能令人满意地在文学作品中充分反映出绚丽精致、蕴藉多姿、含蓄委婉等艺术情感。

——张恨水在小说中的精美的文学语言，诗意盎然的格调和意境，别具一格的抒情方式和表现角度，反映了他深厚的文学功底，才使得这部作品拥有超越时空的艺术魅力，不断地赢得读者，展现了东方文学的不朽魅力。

——不仅是一部中国版的《伊豆舞女》，也是作者张恨水描述的一种梦里江南。

【背后故事】
一元看三星——戏迷张恨水

张恨水家乡安徽潜山为戏剧之乡，同"徽班领袖"程长庚、"武生泰斗"杨小楼是同乡。他酷爱京剧，不仅爱听爱看爱聊爱评戏，还在很多作品里描写旧时代戏曲艺人的生活与命运。尤为有趣的是，在北平时，他多次粉墨登场，以票友身份出演京戏。在他诸多笔名中，

1931年电影《银汉双星》剧照

1940年电影《秦淮世家》剧照

有两个分别叫"崇公道""程大老板同乡",也与他和京剧的特殊缘分有关。

对戏入迷,这在张恨水的生活与写作中都有充分体现。早在青年时期,就由堂兄张东野介绍,加入文明戏剧团;1919年秋,初到北京时,收入有限的他,在付了房屋租金、家用等只剩下一块大洋的情况下,也要倾其所有去看梅兰芳、杨小楼、余叔岩三个名角的联袂演出,有被称为"一元看三星"的"倾囊豪举"。在小说创作中,张恨水也尤为关注戏曲艺人题材,从1929年到1940年的11年间,以女艺人作为表现或描写对象的,就有《斯人记》《啼笑因缘》《银汉双星》《满江红》《天河配》《夜深沉》《秦淮世家》《赵玉玲本纪》等十多部小说。他以报人敏锐的社会洞察和小说家的思考感悟,描写那些在社会底层生存辗转的戏子、艺人的各种悲喜人生,凝聚着他对民国时期社会百态的深刻描摹,有着丰富的文学艺术蕴涵与社会历史价值,产生了广泛的社会影响,成为中国现代文学史上一道独特风景。

不仅如此，张恨水还在他主编的《世界晚报》《世界日报》副刊《夜光》《明珠》中评戏，还多次演戏。1931年，北平新闻界发起赈救水灾义演，张恨水在压轴戏《女起解》中扮演善良风趣的崇公道。当时，张恨水是北平《世界日报》和《世界晚报》的编辑，同时又是家喻户晓的著名作家，加之他的演出认真投入，一时间成为当时的"爆炸性新闻"，被各报刊出。此外，20世纪三四十年代，他还多次在新闻界人士的堂会和春节联欢演出中，出演《乌龙院》中的丑角张文远和串演《法门寺》中的校尉等，在当时的文化界传为佳话。张恨水无论是在生活中，还是在创作中，都离不开与戏曲的互动，看戏、评戏，有着浓厚的梨园情结，是一位真正的铁杆"戏迷"。这在中国现代作家中实属少见。

张恨水这种身体力行、尽心竭力为中华戏曲的传承与创新付出的热忱和努力，其文学生涯受惠于戏曲，也回馈给戏曲，为中华优秀传统文化的发扬光大增了光、添了彩。

人生情怀

在张恨水纪念馆序厅背景上方,有一段老舍先生对张恨水的评价:"张恨水先生就是最重气节,最富正义感,最爱惜羽毛的人。所以,我称为真正的文人。"

这段文字出自1944年5月16日张恨水五十寿辰时,老舍先生撰写的《一点点认识》贺文,并刊登在当日的重庆《新民报晚刊》。

题画

有生莫恨水东流，万里风烟接素秋。

好是五湖寻伴处，大千一粟看神州。

（原载1946年7月16日北平《新民报》副刊《北海》）

由于报人兼作家身份，张恨水与政界、报界、文学艺术界多有交集，形成了难得的朋友圈，结交了众多朋友。

"舍予"为谁？
——张恨水与老舍的交往与友情

在1935年的北京《崇实季刊》上，刊登了《同名同姓之舒舍予》一文："以老舍署名作小说之舒舍予，现居济南，颇勤于写作。其所以名舍予，盖分其舒姓为二。数年前，当新文艺尚未盛行之时，沪地亦有一文人名舒舍予作小说者，惟其小说之过署名，绝非"老舍"，则有别耳。"[1] 此文所指的，就是二十世纪上半叶中国文坛两位名为"舍予"的重要人物，一位是小说家、戏剧家舒庆春，祖籍北京，字舍予，笔名老舍；另一位是作家、戏剧评论家、记者舒舍予，祖籍安徽合肥，别署舍翁，生于南京，常居上海。张恨水与这两位"舍予"均有交往。

先看上海的"舍予"。1929年5月24日，上海新闻记者团自东北抵达北平，经钱芥尘介绍，上海《新闻报》副刊编辑严独鹤与

---

[1] 丁哗：《同名同姓之舒舍予》，《崇实季刊（北京）》，1935年第19期，第55页。

张恨水相识。严独鹤久慕张恨水大名,约张恨水为其主编的《快活林》副刊写一部长篇小说,这就是数月之后在上海《新闻报》连载的《啼笑因缘》。这是被誉为张恨水的巅峰之作、一部打通南北的小说。《啼笑因缘》1930年3月17日开始连载,至11月30日结束。连载即将结束时,张恨水应约从北平赴上海。1930年11月15日,张恨水抵达南京,并作短期停留。①《上海画报》刊发了一条署名"舍予自京寄"《张恨水君来京即将到沪》的消息:"名小说家张恨水君,大名闻南北,昨日由平南来,游览江浙,道经新都,记者前日以事来京,遇张君于秣陵饭店,久慕大名之恨水,一旦相晤,可谓快慰生平矣。十五日予在该店,忽有一人入室,自报姓名曰我是张恨水,予乃急起迎迓,适炯炯君亦寓此,聚谈之下,得聆妙论不少。即晚予宴之于六华春,张君三五日即将赴沪云。"②文末配发记者所摄张恨水照片两张。此消息的作者即是《上海画报》记者舒舍予,也是张恨水和这位安徽老乡舒舍予相识的开始。"舒舍予、黄梅生诸君,皆恨水此次新识,往还最密,而听歌时尤多。恨水曾经沧海,初无当意,茶寮小坐,每不胜人面桃花之感云。"③

---

①③ 悠然:《恨水过京记》,《南京晚报》1930年11月23日。《恨水过京记》记载了张恨水此次南下的主要目的:"盖在遨游苏杭,次则因沪地报馆乞撰小说,有须面洽。明星摄《啼笑因缘》,亦请其指示。并有人以三五千金,拟购其《春明外史》版权,待其面于然诺也。"
② 舍予:《张恨水君来京即将到沪》,《上海画报》1930年11月21日,第648期。此处"京"指国民政府首都"南京"。文中的"炯炯",是张恨水好友钱芥尘的笔名,张恨水此行即由其陪同。张恨水四子张伍《忆父亲张恨水先生》对此有详细记载:"钱芥尘先生是上海知名的老报人,这时(指20世纪20年代末)来到北方办报,他是最早认识父亲创作能力的人之一,十分欣赏父亲的小说,而且是逢人说项,把父亲的小说介绍到上海,钱先生是鼎力玉成的。钱先生长父亲十几岁,父亲对他十分尊敬,曾有句云:'知己提携钱芥老',以示知遇之感。"(北京十月文艺出版社,1995年8月,第133页)张恨水曾专门约请钱芥尘为1947年4月上海春明书店出版的《过渡时代》撰写序言。

而张恨水此行所住的南京秣陵饭店即由舒舍予所开设:"本报记者舒舍予先生,近在其华屋渠渠之住宅内,开设秣陵饭店,地点为南京慧园街三十一号,电话五七四(附志于此,以供长途电话之需),先生以文学家而开饭店,固属大材小用,惟本其旅沪十余年,历观上海中外各大饭店之见解,必可中西会通,应有尽有,无美不臻也。"[1]正是在这里,张恨水完成了为即将连载结束并出版单行本《啼笑因缘》的序言。此序言记载了张恨水与舒舍予的交往,在"啼笑因缘将印单行本之日,我到了南京,独鹤先生大喜,写了信和我要一篇序,这事是义不容辞的。然而我作书的动机如此,要我写些什么呢?我正踌躇着,同寓的钱芥尘先生、舒舍予先生就鼓动我作篇白话序,以为必能写得实些。老实说,白话序平生还不曾作过,我就勉从二公之言试上一试……民国十九年十一月二十一日晚,路过新都,写在秣陵饭店一角小楼之上。潜山张恨水序。"[2]

而当1933年初春,张恨水携周南、张二水再次到上海,"他的至好王益知借寓金刚钻报社的楼上,就让出一间给恨水夫妇住宿"[3]。其间,舒舍予与张恨水多有接触,他在《恨水之歌》的消息里记录了张恨水在上海的一次与戏曲相关的活动:"张恨水先生,将回平一行,新闻报馆干部,十二日之夕,饯之于大西洋,列席均伉俪成双,酒阑时,有人提议各歌一曲,张与其夫人对唱乌龙院一折,张唱张文远思娇娘想娇娘数句,张夫人则唱阎惜姣,李浩然先生初

---

[1] 耳食:《舒舍予首都开饭店(耳食)》,《上海画报》1929年9月18日。
[2] 张恨水:《啼笑因缘自序》,上海三友书社,1930年12月出版,第4—5页。
[3] 郑逸梅:《芸编指痕》,北方文艺出版社,2009年1月出版,第185—186页。

不肯唱，后乃伏案哼洪洋洞一段。"①

同为新闻记者，且都喜爱戏曲的张恨水与舒舍予，其后彼此欣赏并品鉴戏曲当在情理之中。

再看北京的舒舍予。他和张恨水的相识经过，可从老舍的《一点点认识》一文里发现端倪：

恨水兄是文艺界抗敌协会第一届理事会的理事，因为文协的关系，我才认识了他，虽然远在十几年前就读过他的作品了。

廿八年，文协推举代表参加前线慰劳团的时候，理事会首先便提出恨水兄来，因为他是国内唯一的妇孺皆知的老作家。可惜，他的笔债太多，无法分身，文协才另派了别人。那时候，我记得我曾写信给他，希望他能和我一同到西北去，因为我晓得他是个可爱的朋友。

假若那次他能和我一同在西北旅行半年之久，我想在今天我必能写出许多许多关于他的事来，而感到骄傲。那个机会既失，我现在只好就六年来的时聚时散中，提出我对他的一点点认识了：

（一）恨水兄是个真正的文人：说话，他有一句说一句，心直口快。他敢直言无隐，因为他自己心里没有毛病。这，在别人看，仿佛就有点"狂"。但是我说，能这样"狂"的人才配作文人。因为他敢"狂"，所以他才肯受苦，才会爱惜羽毛。我知道，恨水兄就是最重气节，最富正义感，最爱惜羽毛的人。所以，我称为真正的文人。

（二）恨水兄是个真正的职业的写家：有一次，我到南温泉去看他，他告诉我："我每天必须写出三千到四千字来！"这简单的

---

① 舍予：《恨水之歌》，《晶报》1933年5月15日。

一句话中，含着多少辛酸与眼泪呀！想想看，一年三百六十五天，每天要写出那么多字来，而且是川流不息的一直干到卅年！难道他是铁打的身子么？坚守岗位呀，大家都在喊，可是有谁能天天受着煎熬，达卅年之久，而仍在煎熬中屹立不动呢？所以，我说，他是"真正"的职业写家。

（三）恨水兄是个没有习气的文人：他不赌钱，不喝酒，不穿奇装异服，不留长头发。他比谁都写得多，比谁都更要有资格自称为文人，可是他并不用装饰与习气给自己挂出金字招牌。闲着的时候，他只坐坐茶馆，或画山水与花卉。一个文人的生命是经不住别人与自己摧残的。别人是否给恨水兄气受，我不知道，我却是知道，他不摧残自己。修养使他健壮，健壮使他不屈不挠！

以上是我对恨水兄的一点点认识，可也就是我们应当向他学习的！[1]

这是北京舒舍予（老舍）笔下的张恨水，是一位"国内唯一的妇孺皆知的老作家""没有习气的文人""最重气节、最富正义感、最爱惜羽毛的人""'真正'的职业写家"。文中对张恨水的赞颂之情渗透字里行间。

那么，老舍与张恨水是如何结识的呢？事情经过是这样的。1937年抗战全面爆发，年底，南京陷落前夕，张恨水被迫放弃了心爱的《南京人报》事业，离开南京到安徽芜湖治病，之后经家乡安庆潜山，乘坐"朋友顺便的车子，把我带到武穴（湖北）。再搭轮到汉口，12月27日，我到了汉口"[2]。"二十七年一月十日，我

---
[1] 老舍：《一点点认识》，重庆《新民报晚刊》1944年5月16日。
[2] 恨水：《对南京老读者一个报告（上）》，南京《新民报》1946年1月10日。

民国重庆《新民报》报馆

（乘轮船）到了重庆，去《新民报》在渝复刊之期，只有五日。"[1]
应即将复刊的重庆《新民报》总经理陈铭德的约请，张恨水加入《新民报》，被聘为该报主笔，兼副刊《最后关头》主编。"再后一些时候，张慧剑、赵超构相继参加了《新民报》，人称为《新民报》的三张（张恨水、张友鸾、张慧剑）一赵（赵超构）的会师。"[2]

刚到重庆，张恨水住在《新民报》社的职工宿舍，后周南携子张全、张伍到达重庆后，租住在重庆通远门（《七星岗》报社斜对门）

---

[1] 张恨水：《写作生涯回忆》，人民文学出版社，1982年6月，第60、69页。
[2] 陈铭德，邓季惺：《〈新民报〉春秋》，重庆出版社，1987年12月，第22、67页。

《新民报》"三张",左为张慧剑,中为张恨水,右为张友鸾。1945年摄于重庆。

一家新金山饭店(普通客店,既可喝茶,也可住宿)。1939年5月初,日机轰炸重庆市区,张恨水一家只得向郊区南温泉疏散,在南温泉桃子沟最初住的是"一幢瓦房子里,有两间房,相当干净,房东要发国难财,撵我们出去,要卖那房子。这房子后面有十间茅屋,除了出卖了四间,将六间租给了文艺协会。后来文协搬走了,房东是我的朋友,他让我搬了去,议定自修自住,不取房租。我也无须六间屋子之多,住了三间,又让了三间给一位穷教授。于是安居了好多年"[①]。此处所指即是重庆南温泉"南泉新村27号",被张恨水称为"待漏斋"与"北望斋"的住址。直至1945年12月8日离开重庆,张恨水在此生活了七年。

---

① 张恨水:《写作生涯回忆》,人民文学出版社,1982年6月,第60、69页。

老舍则于1937年11月15日离开济南，11月18日抵达当时抗日的中心武汉。1938年1月中旬，"中共驻武汉代表周恩来找老舍谈话，要他出面将在武汉的文化人士组织起来。老舍不辞艰苦，与茅盾、冯乃超等14人组成了'全国文艺界抗敌协会'临时筹备会"①。"3月27日，'中华全国文艺界抗敌协会'（简称'文协'），在汉口总商会大礼堂举行成立大会。"②会上，老舍、张恨水均被推举为理事③，老舍同时任"文协"总务主任并负责《抗战文艺》编务工作。张恨水时在重庆，未能参加成立大会。从此，张恨水与新文学作家一起共赴国难。1938年7月30日，老舍携"文协"总会印鉴，与何容、老向、肖伯青一起乘船驶向重庆。④于8月14日抵达重庆。自此，因为"文协"的关系，老舍正式开始与张恨水的相识与交往。除"文协"工作上的日常交流外，尚有几个方面值得一提。

至1939年春天，日本飞机持续对重庆市区进行轰炸，"文协"在"春初即在南温泉预备下了几间房——这几间房就发生了很大的作用。总务部把重要的文件都运到南温泉，干事与有家眷的会员们也都移到那里去。这样南泉（重庆南温泉的简称）便成了文协的第二个家"⑤。在南温泉桃子沟沿河搭建了不少租金低廉的茅舍，名为"南泉新村"。老舍、欧阳山、杨骚、白薇、沙汀、草明、陈学诏、梅林、藏云远等作家均短期在此居住过。

---

① 郝长海 吴怀斌编：《老舍年谱》，黄山书社，1988年9月，第39、41、46页。
② 郝长海 吴怀斌编：《老舍年谱》，黄山书社，1988年9月，第39、41、46页。
③ 《全国文艺界空前大团结》，1938年3月28日《新华日报》。
④ 郝长海、吴怀斌编：《老舍年谱》，黄山书社，1988年9月，第39、41、46页。
⑤ 文天行、王大明、廖全京编：《中华全国文艺界抗敌协会资料汇编》，四川省社会科学院出版社，1983年12月，第134页。

五三、五四大轰炸后，5月13日，"经过这个大难，文协会所暂时移到南温泉去，和张恨水先生为邻。我也去住了几天。人心慢慢地安定了，我回渝筹备慰劳团与访问团出发的事情。我买了两身灰布的中山装，准备远行"①。

1942年暮秋的一天，身居重庆北温泉（北碚）的老舍、赵清阁等"文协"成员借旅游南温泉之便，走访了张恨水。张恨水即兴为赵清阁画了一帧青山倚江、松柏成荫，翠竹丛中一角楼的水墨丹青，并笑称，这是一幅具有双关义的《清阁图》，并题诗一首："闻道幽居不等闲，一渠流水数行山。欲寻清阁知何处，只在苍松翠柏间。"②

在张恨水《巴山夜雨》第一章《菜油灯下》中，李南泉和李太太的对话涉及老舍的戏曲创作："（李南泉）这次进城（从南温泉到重庆市区），遇到许（舒）先生一谈之后，让我扫兴。人家是小说家，又是剧作家，文艺界的第一流红人。可是，他对写剧本，不感到兴趣了。他说，剧本交出去，三月四月，不准给稿费。出书，不到上演，不好卖。而且轰炸季节里，印刷也不行。"③这里谈及的当然是抗战时期重庆文人创作的现实状况。

1944年4月16日，中华文艺界抗敌协会在重庆召开成立六周年纪念大会，到邵力子、张道藩、老舍、潘公展、茅盾、胡风、曹禺、夏衍、张骏祥、阳翰笙、黄芝冈、马宗融、张恨水、杨刚、赵清阁等一百五十余人，由邵力子主席，老舍报告会务……并由胡风朗读论文"文艺工作发展及努力的方向"。（借）百龄餐厅举行茶会，

---

① 老舍：《八方风雨》，北平《新民报》副刊《北海》1946年5月1日。
② 赵清阁：《长相忆：恨水流何处》，学林出版社，1999年1月，第152页。
③ 张恨水：《巴山夜雨》，北岳文艺出版社，2019年1月，第6页。

1948年9月10日,《新民报》十九周年社庆,北平举行纪念会,总经理陈铭德(中)、协理张恨水(左一)与来宾张骏祥(右一)、白杨(右二)、吕恩(左二)合影。

纪念老舍创作二十周年,座无虚席。[①] 茶会上,张恨水向老舍表达了祝贺。

1944年5月16日,是张恨水五十寿辰。时在重庆的抗敌文协、新闻协会、新民报社等单位联合发起为张恨水祝寿活动。而重庆《新民报》《新民报晚刊》,成都《新民报晚刊》等报则于当天刊发"张恨水先生五十岁寿辰创作三十年纪念特辑"。为对好友张恨水的祝贺,老舍除撰写《一点点认识》发表在重庆《新民报晚刊》外,还集张恨水所著六部小说之名,写了一首贺诗,刊登在成都《新民报晚刊》:"上下古今牛马走,文章啼笑结因缘。世家金粉春明史,热血之花三十年。"殷殷友情溢于言表。

1945年12月,张恨水受陈铭德委派,离开重庆,前往北平筹建北平《新民报》。该报于1946年4月4日正式出版发行。张恨水对北平《新民报》可谓煞费苦心,作为经理,除主持报社的全局工作,把握办报方针、关注版面设计、筹划纸张及协调人员分配外,还自编副刊《北海》,并且网罗了办报高手于非闇、左笑鸿、马彦祥等协同办报。张恨水自己主编文艺综合版《北海》、马彦祥主编戏剧与电影版《天桥》、方奈何主编社会新闻版《鼓楼》、于非闇主编北平风土人情版《北京人》。因为报纸人才济济,编辑部充满着朝气和活力,几个副刊办得花团锦簇、各具特色,版面新颖活泼,文学水平高。仅张恨水主编的《北海》,问世首日,就因内容丰富、名家荟萃,熔新旧文艺于一炉,深受北平各阶层读者的欢迎。张恨水对《北海》副刊可谓精心策划,除自己的长篇小说《巴山夜雨》、

[①] 文天行、王大明、廖全京编:《中华全国文艺界抗敌协会资料汇编》,四川省社会科学院出版社,1983年12月,第251、443页。

茅盾的中篇小说《生活之一页》、老舍的长篇回忆录《八方风雨》[1]，以及左笑鸿的长篇小说《血债》连载之外，还约请了郭沫若的历史考证，于右任、章士钊、沈尹默的古典诗词稿件。这些举措，极大地提升了副刊《北海》的品位与吸引力。

为满足北平读者的需求，1946年5月30日起，张恨水在副刊《北海》上又推出了《抗战文人素描》系列[2]，至6月29日止，共推出三十一位作家近况。

张恨水在开栏篇撰写了编者按："现因读者要求，希望本版把八年来后方作家生活介绍一点出来。给北平青年知道。这事好办。我们当择要写一点。不过笔者是身居重庆一寓的，我们当转求文协在平的社友报告。"[3] 老舍是继郭沫若、茅盾之后第三位推出的作家，文章署名"文卒"，全文如下：

老舍，这是北平朋友最熟的一个人，他姓舒，号舍予，的的括括北平人，关于他八年来的生活，本报所发表的《八方风雨》，已是自我介绍很清楚，似乎无须啰嗦了，不过他为人，还可以侧写一番。

---

[1] 老舍小说《八方风雨》自一九四六年四月四日起开始连载至五月十六日结束。
[2] 《抗战文人素描》先后推出的作家为：郭沫若（文卒）、茅盾（文卒）、老舍（文卒）、巴金（文卒）、洪深（走卒）、曹禺（走卒）、王平陵（文卒）、易君左（文卒）、田汉（走卒）、冰心女士（文卒）、卢冀野（文卒）、章士钊（文卒）、卫聚贤（小卒）、胡风（文卒）、谢冰莹（文卒）、老向（文卒）、华林（文卒）、夏衍（小卒）、金满城（文卒）、胡秋原（文卒）、梁实秋（文卒）、陆晶清（文卒）、熊佛西（走卒）、马宗融（一卒）、陈望道（一卒）、丁玲（文卒）、姚苏凤（文卒）、高语罕（文卒）、孙伏园（文卒）、阳翰生（走卒）、姚蓬子（小卒）。其中，署名"文卒"的撰稿者即为张恨水。
[3] 编者按为张恨水所撰，发表于1946年5月30日北平《新民报》副刊《北海》。首次推出的作家是郭沫若。

他是中等个子，半长圆的脸，尖下巴颏儿。说一口纯粹的京腔，今年也五十几了。他入川后，没作新衣服，由长灰袍、麂皮甲克到西服，全是旧的。人挺和气，什么人也不肯得罪，谈话幽默，演讲也幽默，他的幽默，极为自然。一句随便的话，人家哄堂大笑，他却没事一样，他能玩皮簧，唱老旦，约了和文协某君，在胜利后合唱《钓金龟》，以资庆祝，可是没有实现。

他年来多病，朋友全为他耽心，他自己倒也处之坦然。穷，他不会恶其他文人例外，不过到三十二年后，生活安定些，去年还有一笔意外的收入，就是翻译《骆驼祥子》的美国人，送了他二千美金的版税，在去年，以教会外汇折合，合法币一百多万元，这一笔钱，他预备作全家川资回北平的，没想到，去美国讲学了。他太太带着几个孩子，还在去重庆几十公里的北碚。①

由于报纸版面的制约，张恨水以简短的文字描述了好友老舍在重庆的艰苦生活，以及爱好皮黄、乐观幽默的个性特点。此段介绍文字应是我们目前所见张恨水最早全面介绍老舍的文字记载。

1948年底，张恨水离开北平《新民报》，1949年初夏，张恨水突发脑溢血，虽经治疗恢复了写作能力，但面对新生活，深感力不从心，于是改为《梁山伯与祝英台》《孔雀东南飞》《牛郎织女》《凤求凰》等历史题材的创作。1949年7月2日，中华全国文学艺术工作者代表大会在北京开幕。张恨水被邀请参加大会，但因病未能出席。同年加入中国作家协会。

---

① 文卒：《老舍》，北平《新民报》副刊《北海》1946年6月1日。

1946年3月4日，应美国国务院的邀请，老舍与曹禺离开上海赴美讲学。1949年12月12日，老舍回到北京。1950年5月31日，北京市文学艺术界联合会宣告正式成立，老舍被选为北京市文联理事。1953年，当选为全国文联主席，作协副主席。[1] 作为文学艺术界的领导、"人民艺术家"的老舍，在新中国成立后因工作原因与张恨水仍保持着交往。

1957年，作家老舍、张恨水、赵树理联名邀请文艺界有关人士举行座谈会，就如何进一步繁荣大众文艺问题交换意见。由老舍、张恨水、赵树理提出的创办一份全国性的直接为人民服务的文艺杂志的提议，获得了所有与会者的支持。会议推选老舍、钟敬文、张恨水、赵树理、张友鸾、王亚平、徐懋庸、李季、萧也牧等二十一人为该杂志筹备委员，并将由北京通俗文艺出版社出版[2]。

同年12月19日，张恨水应邀参加由《文艺报》组织的"老舍作品《茶馆》座谈会"，并作了长篇发言。他认为第一幕写得好，是个很好的长篇小说材料。这是新中国成立后，张恨水评价老舍作品的唯一一次，现摘录如下：

我也觉得第一幕写得好，第二、三幕较差。我是写长篇小说的。读过之后，觉得这是个很好的长篇小说材料。剧中很多事足够写一部长篇小说的。戏，几句就过去了，好像觉得不过瘾。松二爷，是个玩鸟的，无事可做，吃点俸禄（"铁杆庄稼"，恐怕青年人就不懂了），和常四爷不错。可是没提到他为人究竟怎样，觉得不够。常四爷写得

---

[1] 郝长海 吴怀斌编：《老舍年谱》，黄山书社，1988年9月，第112、128页。
[2] 见1957年6月16日《光明日报》第2886期。

1956年张恨水随中国文联作家、艺术家赴西北参观旅行。左二为张恨水。

1958年,张恨水在北京卢沟桥体验生活。

张恨水参加文学创作体验活动

好。青年人对庞太监娶老婆恐怕又觉得奇怪了。这样不是奇事,从前太普遍了。康顺子被卖给太监,哭的时候还应该过一下场,才更清楚。庞太监本人当了太监之后,他本家弟兄也可能有儿子。本家的侄子和康顺子及康大力之间应当有矛盾。马五爷吃教的事,写得不够。光绪三十一、二年间,我正在江西南昌。当地曾发生一起教案。教知县把闹教的抓起来。知县没抓,外国人就把知县杀了。当地群众听说杀了县官,都跳起来了。闹起几万人,杀了好几个外国人,把外国香烟的广告牌子都砸了。这事发生在《茶馆》的同时。光说马五爷吃教就不够了。那时,吃教的人威风大得很。吃教的见官大三级,见官不跪,立着。在前清,秀才见老爷才立着。如果老爷革掉功名,也得跪下。吃教的就不然了。二德子这个人物,写得也不错,可惜少了点。写王利发妥协,应当表现他是怎样妥协的。第三幕写他自杀了。我看用不着。总之,我觉得《茶馆》写得好,尤其是第一幕。

演员是太多了。我看这个戏在北京、天津、上海还能演,其他小城市的剧团就成问题了。[1]

作为青年时代有过短暂演戏经历,后来在自己小说里塑造大量具有戏曲内容的人物形象,且借鉴戏剧舞台人物的小动作对镜表演来描写人物,并最终使自己成为戏迷并评戏的张恨水来说,对老舍《茶馆》的评价可谓鞭辟入里,细致入微了。这也是至今我们所能见到的最后一篇张恨水评价老舍作品的文字。

1966年8月24日,老舍由于受到迫害,离开人世,享年68岁。而张恨水此时则因三次脑血管痉挛,身体更加虚弱。子女们怕张恨水受到刺激,向张恨水隐瞒了这一消息。后来张恨水知晓后,一直沉默不语。1967年农历正月初七晨,张恨水因脑溢血发作,在北京砖塔胡同的家中阖然离世,享年72岁。

留血酬知己,雄心莫尽灰
——张恨水与张学良

在张恨水四子张伍著《印泥雪痕·我的父亲张恨水》一书里,有如下说明文字:

---

[1] 《座谈老舍的〈茶馆〉》,《文艺报》,1958年第1期。

20 世纪 30 年代的张恨水

1982年，由张晓水、张二水两位家兄和我共同署名，由我执笔的《回忆父亲张恨水先生》一文，发表于同年第一期《新文学史料》。在讨论材料时，由于我的疏忽，没有核对，一时不察，误在文中说×××认为《啼笑因缘》是写他父亲，让副官"请"父亲去奉天，父亲认为凶多吉少，并让举家南迁等情节，是不实之事。[①]

既然如此，真实情况又是怎样的呢？

让我们先看看两篇记述张恨水与张学良的文章——

一篇是刊于1934年2月20日天津《北洋画报》、署名"受"的《张学良与张恨水》：

张学良曩于奉军任旅长时代，固一英俊少年，头脑清晰，思想新颖。此固稍知张氏幼年之时，颇喜运动，嗜戏剧，尤好读小说，于海上各小报，无不订阅。由旅长升充三四方面军团长，身次保定，每日备览北平晚报，颇喜悦《世界日报》（误，实为《世界晚报》——笔者注）上所载之《春明外史》；对于张恨水君发生相当印象。海上报界先进钱介尘先生，在沈垣主办《新民日报》（误，为《新民晚报》——笔者注）请恨水撰《金粉世家》说部。其时有人谓，钱君系知张氏喜读恨水小说，所以罗致，亦不为无因也。

闻张氏未入关前，曾嘱钱君授意恨水，为彼撰一纯以张氏为主角之长篇说部，即名《张学良》，秉笔直书，不加奖饰，恨水允之，以其历史难告一段落，无从下笔，久未报命。此次张氏返国，沪报

[①] 张伍：《印泥雪痕·我的父亲张恨水》，团结出版社2006年9月版，第49页。

谣传恨水奉召至杭代撰游记,或系旧话重提?外间不察,乃误为张氏欲请恨水捉刀,余知过去事实,爰为记,付《北画》。

另一篇是刊发于1946年12月13日《国民午报》、署名"猫厂"的《张学良与张恨水》:

张学良已自息烽迁居台湾,张恨水于胜利后由渝返平,负责主持《新民报》北平版,二张固风马牛不相及也,今相提并论者,以二张有一段文字因缘在。

张学良任三四方面军团长时,煊赫一时,华北之兵权握于一人之手。张恨水其时任北平《世界晚报》之编辑声名尚无今日之显,日为《春明外史》长篇小说数万言,刊之晚报。张学良读之成瘾。某次,《世界晚报》之社长成舍我以事谒张,谈话中小张颇露倾慕《春明外史》之作者,欲聘张任秘书客卿,恨水婉谢,谓愿以小说家终其身。张益重其为人,乃时约恨水相晤谈,希望恨水为其写《张学良传》,记实其半生之经历,张亦未同意。而《张学良传》则始终未着笔,外传二张之关系如何,皆为过甚之辞。上述为恨水所亲告笔者,盖信史焉。

以上两则文字分别刊发于20世纪30年代和40年代,叙述了两个事实,一是张恨水与张学良确有交往,二是张学良曾希望张恨水写《张学良传》。

查《北洋画报》主办人冯武越是赵四小姐的亲姐夫,与张学良为连襟,此文所叙当有真实性,可以作为两人交往的佐证。

要了解张恨水与张学良的交往，必须先介绍一下钱芥尘。

钱芥尘（1887—1969年），原名家福，号须弥、炯炯，浙江嘉兴人。早年中秀才，曾被邀至蔡元培创办的《警钟日报》工作；辛亥革命后，参加章太炎的统一党，继马叙伦任上海《大共和日报》总经理，后创办《神州日报》《晶报》《新申报》《新中国杂志》以及《华北新闻》（天津）、《新民晚报》（沈阳），接办毕倚虹主编的《上海画报》。介绍张恨水在《新闻报》发表小说《啼笑因缘》。与袁寒云结交，又深得张学良赏识，被聘为高等顾问，二十世纪二三十年代代表张学良联络报界，四十年代，在上海主编《大众》杂志。1963年被聘为上海市文史馆馆员。

1919年秋天，张恨水离开芜湖《皖江日报》赴北京，正式工作的首站即是北京《益世报》："这是民国八年……在这年秋季……我就搭津浦车北上……那时，成舍我君在《益世报》当编辑，他就介绍我到《益世报》当助理编辑……这样有一年之久，《益世报》调我为天津版通讯员……"[1]

也正是张恨水担任《益世报》天津版通讯员期间，钱芥尘于1922年主持天津《华北新闻》，二人得以相识，从此开始了几十年的交往，直至20世纪50年代初。他在张恨水《过渡时代序》里有过叙述："……民十七（1928年）冬，愚与恨老同客辽沈，时《新民晚报》创刊，恨老既付以《天上人间》长篇巨著，且谓：将成三大时代之说部……"[2] 张恨水三次赴沈阳，以及1929年春介绍张恨水与上海《新闻报》副刊《快活林》主编严独鹤相识，均为钱芥尘

---

[1] 张恨水：《写作生涯回忆》，人民文学出版社1982年6月版，第20—22页。
[2] 钱芥尘：《过渡时代序》，上海春明书店1947年4月版，第3页。

促成。同时代表沈阳《新民晚报》以及上海《上海画报》、《大众》杂志、《亦报》向张恨水约稿。

张恨水本人在《丹翁赐联（二首）》[①]一诗里，以"知己提携钱芥老"表达对钱芥尘的提携之恩。

1925年底，张恨水将发生在张学良身上的一则社会新闻，稍加艺术加工，塑造了一位名为韩幼楼的年轻公子，并作为唯一的正面形象写入《春明外史》第二集（第三十二回"顾影自怜漫吟金缕曲，拈花微笑醉看玉钩斜"）中，描述韩幼楼在社交场合对于女宾们飞来的闪电般的眼波不卑不亢，适可而止，不属那种轻浮浪荡之辈。就说跳舞吧，不与漂亮小姐、少奶奶搂胸抱背，偏偏选中了上了岁数，浑身鼓起肉浪的虞太太应付一下。因作者交代韩幼楼系京都社交场上八大公子之一，读者便知即是张学良，深得张学良的好感。1926年春，时任奉军第三方面军和第四方面军军团长的张学良造访了张恨水，在未英胡同36号张恨水家中，二人围绕小说《春明外史》，谈得甚为投机。从此二人建立了联系与友谊。时张学良24岁，张恨水31岁。

1928年8月，移居沈阳的张学良决定创办沈阳《新民晚报》，由王益知、钱芥尘出面筹备，并函邀张恨水为之写一部类似《春明外史》的长篇小说。这部小说就是1928年9月20日沈阳《新民晚报》在创刊号上推出的《春明新史》（同时推出的还有《天上人间》）。

由此，张恨水因张学良邀请开始了三次沈阳之行。

1928年12月12日至20日（时北平《世界日报》副刊"明珠"

---

① 原载1929年8月3日《世界日报》副刊《明珠》。

连续8天刊登启事：恨水因有事请假金粉世家暂停），首次应邀抵达沈阳。

根据发表于1929年3月15日《世界日报》副刊"明珠"上的词《忆江南》（四阙）小序"去岁，做客沈阳。旅梦惺忪，离怀缱绻，得断句曰：吹不断，短笛满长安。沉吟未定，忽然自觉。时寒鸡初唱，残灯尚明也"中"寒鸡初唱"句，时间当为冬季。据钱芥尘《〈过渡时代〉序》（1947年4月上海书店版）："民十七之冬，愚与恨老同客辽沈，时《新民晚报》创刊，恨老既付以《天上人间》长篇巨著。"及张恨水《乾隆怪诗》（1929年6月24日《世界晚报》）："去冬赴沈，汉卿先生召与谈话，因曾数度至旧帅府。一次，晚十时矣，某候于一中式客室。"又1928年12月月31日"明珠"栏刊发"本栏启事"："本月份投稿诸先生鉴：中旬编者因匆匆离平，请友代编"之句，故此时张恨水"因事请假"，正是张恨水首次离京到沈阳的时间。从沈阳回来后，《何堪词：临江仙（平奉车中）》（刊于1929年1月11日《世界日报》副刊《明珠》）记述了当时情形。此次赴沈阳是受北平《世界日报》、《朝报》委派和张学良及沈阳《新民晚报》社邀请而前往。

1929年3月，北平《世界日报》副刊《明珠》启事：恨水有事请假，金粉世家暂停三天（指6、7、8三日）。这是张学良第二次邀请张恨水赴沈阳。

据发表于1929年3月19日《世界日报》副刊《明珠》的词《虞美人》："人间没个埋愁处，更向天涯去。朔风两度客孤征，又是天高月黑渡边城。杨花未解飘零意，落也还飞起。十年已是困京华，不道依依难别也如家"中"朔风两度客孤征，又是天高月黑渡边城"

句,以及《前调》:"奔车击铁鸣鼍鼓,驰上榆关路。平沙莽莽月昏黄,只是悄然无语一凭窗。青禽几遍叮咛说,珍重轻轻别。果然此别太匆匆,已是一千里外雪霜中"的"驰上榆关路""果然此别太匆匆"句推断,此处启事中所记时间当为应张学良之邀,张恨水第二次赴沈阳时间。本月22日又在《世界日报》副刊《明珠》刊发《榆关道中》诗抒发当时心境:"一片风沙响,奔车抵故关。""一卧行千里,奔车十二时。""壮年成食客,乱世厌儒生。微笑无人识,萧然别旧京。""甘称牛马走,岂是栋梁才。流血酬知己,雄心莫尽灰。"

又,1928年12月29日,东北易帜,张学良被南京国民政府任命为东北边防军司令长官。此次,张恨水被张学良授予"东北边防司令部顾问"(挂名。此时钱芥尘为张学良高等顾问及"东北文化委员会"常务委员),因此,《榆关道中》一诗才有"壮年成食客,乱世厌儒生。微笑无人识,萧然别旧京。""甘称牛马走,岂是栋梁才。流血酬知己,雄心莫尽灰"的感慨。

而《写作生涯回忆》第二十三节《春明新史》叙述:"在民国十九年的岁首,我到东北去游历一次。"(在1931年10月10日《晶报》刊登的《沈阳之日本豆腐》一文记载"予前后游沈三次"——笔者注)其中"民国十九年"当为"民十八年"时间之误。

1929年8月下旬,张恨水前往沈阳第三次拜访张学良。不久离奉返平,途中撰《〈春明外史〉续序》。

据《〈春明外史〉续序》载:"十八年(1929年)八月二十二日由沈阳还北平,独客孤征,斗室枯坐,见窗外绿野半黄,饶有秋意。夕阳乱山,萧疏如人,客意多暇,忽思及吾书,乃削铅笔就日记本为此。文成时,过榆关三百里外之石山站也。"又据1929年8月中旬、下旬（14日至23日）《世界日报》副刊《明珠》均改由张啸空编辑，《小月旦》栏目为啸空稿件，以及本月20日第四版副刊《夜光》启事："恨水请假斯人记暂停一天"；和张恨水发表于本月30日第502期《上海画报》的《张学良谈对俄方针——国境有充量准备，但决不妄开一枪》一文所叙："愚因事至沈，适中俄战云日至，乃赴北陵别墅"拜谒东北边防司令长官张学良，询以对于俄事之方针"等推断，本月中旬、下旬当为张恨水第三次赴沈阳时间。

三次沈阳之行，体现了张恨水与张学良的深厚交情。

1931年4月1日，按照蒋介石的要求，张学良坐镇北平，主持陆海空军副司令行营，偕赵四小姐一起住进了顺承王府。

同年，张学良派副官崔波，到北平张恨水所住寓所，专函邀请张恨水出任自己的文学秘书。但张恨水无意官场，于是拿出一把扇子，一面是四人合作的燕子归来图，张恨水在另一面题诗曰："少帅深情请出山，书生抱愧欠心安。堂前燕子呢喃语，懒随春风度玉关。"并表示：秀才人情纸一张，请阁下代呈少帅，望勿嫌，并请指教。后作了修改："少帅隆情嘱出山，书生抱愧心难安。堂前燕子呢喃语，懒逐春风度玉关。"

1932年8月20日，张学良任国民政府军事委员会北平军分会代理委员长。不久，授予张恨水"国民政府军事委员会北平分会参事"（挂名）。

1934年5月7日至7月14日，张恨水携北华美专工友小李，由北平出发，开始了历时两个多月的西北考察。之后，应朋友之邀，从西安直接到达南京，在南京稍事休息后赴上海接洽稿件。7月27日到江西庐山避暑一个多月。时张学良任"豫鄂皖三省剿匪副总司令"

并军事委员会委员长武昌行营主任。9月，应张学良邀请，张恨水从庐山到武汉，把自己在西北所见所闻全面详细地向张学良作了汇报。王益知《张学良外纪·从武汉到西安》（南粤出版社1982年2月香港第1版）记载了此行："1934年春天，张学良到武汉，第二年十一月又迁西安。他在武昌，却早已顾及到西北，张恨水周历名山大川，在1935（误，应为1934——笔者注）年曾作西北之游，张学良认为新闻记者目光犀利，一般人所忽略的，他们都能透视得很清楚，便邀恨水游罢转到武昌，在徐家棚公馆，畅谈些西北的社会情形，农村经济，山川形势，关隘险要。"

1946年12月12日，是"西安事变"十周年，张恨水为表达对远在台湾张学良的思念，在北平《新民报》副刊《北海》发表《今日赠张学良》："日积十年钓鱼，晚积十年读史，学而习之；昔居四面环山，今居四面环水，良有以也。"显示了两人的亲密关系以及对张学良的敬重之意。

张恨水是典型的文人，也是性情中人，只想以笔耕为生，也以此为乐。而他与张学良以文结缘，以诚相待，则共同演绎了家国情怀。

【背后故事】

张楚萍有关人事考证

在张恨水的《写作生涯回忆》等诗文中，曾多次提及张楚萍、张犀草两个名字，张恨水生前没有给予说明，常常给读者与研究者造成诸多误解。为厘清史实，笔者查阅了相关文献资料，特在此作如下考证。

在《我的创作和生活》里,张恨水作了如下描述:

(1924年秋天)"带了一包读书笔记和小说""借了一笔川资"前往汉口投奔本家叔祖张犀草。张犀草"虽然大我两辈,年龄却比我大得有限,他认为我的诗还不错,就叫我投给几家报馆,但是并不给稿费,当时的小报馆都穷得很,于是我的诗开始问世,却还没有发表小说"。

在1922年8月21日发表在芜湖《工商日报》的《伤心人语(三)》一文中如此叙述:

同是天涯沦落人,相逢何必初相识。友人喜作北里游者,每以此自解。文人之辨,亦自多道。某年落拓归,访友于南陵某乡区。友为人司书计,仅有一饱。古道苍茫,西风拂袂,四境无人,送我渡口,半晌无语,泪目浪浪。此境此情,至今思之肠断。

平生一恵难交,一族人张楚萍;一怀宁郝耕仁;一番禹郑慧英。萍以冤死于狱。至今寄棺黄浦,慧伤心太过。十九吐血死,故人零落。惟我与郝犹以笔耕奔走南北。上年在芜闻之老母,我儿宜稍去思虑。郝大哥鬓毛斑矣。知子莫若亲,所语郑不敢忘。然而我与耕仁何堪。

友人处愁境,各有不同。楚萍时作无聊之笑,耕仁则肆力饮酒,或操不成调之胡索。(反二簧居多)慧英默不一语,出手帕叠之,终日勿倦。有时吟小诗或小词,乞夫必评论古今人物,取以快意。佩箴则作牧猪奴戏,愈负愈快。胜即以其资痛饮。凡此种种,均非楮墨所能形容。大兄东野，劳或忧虑，两目眶必深陷。有时长吁，复以大笑了之。其心愈苦。

以上两处提及了张犀草、张楚萍，查民国二十四年（1935年）重修潜阳《张氏宗谱》有关于"张寿（注：新谱又写'授'）书"记载：谱名兆良，字寿书，号雄才，本省（安庆）实业学堂毕业生最优等。生于光绪十七年（1892年）辛卯二月初三午时，卒于民国九年庚申又七月初一（1920年），享年廿八岁。配妣桂氏，无嗣。

1991年续修《张氏宗谱·东野公传》记载：1915年与叔公张授书刺杀袁氏密使未遂，在上海被捕，关押五年，授书牢死。据张氏后人张立学（张恨水三弟张朴野长子，其外婆与张寿书老婆是亲姊妹）口述：

寿书对自己的婚姻不满意，多在外，少在家，后在上海英租界被捕，判七年徒刑，桂氏典当家产，为之打点。寿书深感愧对妻子，曾表示出狱后善待妻子，可惜在狱中遭受虐待，死于牢里。

又张东野次子张羽军撰《炎黄志士，华夏贤人——张东野传略》：

1915年在上海，张东野与叔公张授书密谋暗杀一名由袁世凯派来的密使要员，不幸所用炸弹意外爆炸失火，二人先后被英租界警察围捕。所幸英国未将二人引渡，否则必被袁世凯政权处死。张寿书，号犀草，曾在汉口从事文化、新闻工作，并对张恨水在写作上有过帮助。这次被捕，因伤病，惨死狱中。

刊发于1922年8月21日芜湖《工商日报》副刊《工商余兴》的《伤心人语（三）》（恨水）叙述：

平生一患难交，一族人张楚萍，一怀宁郝耕仁，一番禺郑慧英。萍以怨死于狱，至今寄棺黄浦。

发表于1924年3月26日芜湖《工商日报》副刊《工商余兴》的《春明絮语（续）》（恨水）叙述：

后楚于某年暮春，客死沪上，初葬田野间，予及二三友人，觅其冢，为之收骨而去。

张恨水撰，首发于1926年1月3日至17日《世界画报》的《怪诗人张楚萍传》，其中有如下记载：

"顾楚萍漂流湖海，不常家居。""至其所为文，流利婉转，绝似近人梁启超，尝为汉口某报操笔政，人竟疑其抄袭梁氏所作。是可以知楚萍之文如何矣。""当其安庆学校读书时，逆旅居停有女曰。""张寓沪久，与民党游，渐从事革命，竟以莫须有事，锢死狱中，盖仅二十八岁耳。"

1927年8月6日《世界晚报》副刊《夜光》刊发《七夕诗》载：

楚萍因闺中无画眉之妇，故流落在外，且七年矣。读予诗，以为不谅而规戒之,凄惨不复能语。今吾友亦死七年矣,一忆此事,终日不欢也。婚姻不自由,诚杀人之道哉!

小说《春明外史》开篇第一回"月底宵光残梨凉客梦,天涯寒食芳草怨归魂"里,艺术化地描写了一个旅京的安徽学生吴碧波,为其客死京城的同学祭坟,坟前一块牌子上书:"故诗人张君犀草之墓",并介绍了张犀草的死因,家里"只有一对白发双亲,一个未婚妻,他因不愿意和他未婚妻结婚,赌气跑到北京来读书。谁知他父亲越发气了,断绝他的经济,他没有法,一面读书,一面卖文为活。只因用心太过,患了脑充血的病,就于去年冬天死了"。

对照潜山张氏辈分"宗瑞兆联芳","兆良"正好大"芳松"两辈,与张恨水自述叔祖张犀"虽然大我两辈,年龄却比我大得有限。"(《我的创作和生活》)相吻合。而"故诗人张君犀草之墓"当为一种寄托,表达对已故故友、诗人张寿书的怀念。

综合以上文献资料,可以发现,张犀草、张楚萍、张寿书实为同一人,即犀草、楚萍均为诗人,且是张寿书的笔名。

永远『恨水』

在纪念馆展厅结束部分，陈列着张恨水被聘为中央文史馆馆员登记表复制件，充分体现了晚年的张恨水受到党和政府的亲切关怀。身居北京的张恨水，仍不忘创作，心念故土，最终魂归故里。而其创作的作品所蕴含的文化意义，将具有穿越时空的不朽魅力。

2012年10月12日，张恨水子女、亲属在安徽潜山举行的张恨水铜像揭幕暨墓园落成仪式上。

《悼亡吟》

（1956年）

泪看黄泉月作邻，身轻千里走风尘。

故乡料是卿先到，平安二字告母亲。

张恨水在他的小说、诗词与散文中，有相当一部分作品取材于家乡潜山，尤其是笔名，融入了他浓烈的乡土情怀与文化内蕴，并超越时空，具有永久的艺术价值。

魂归故里，"山""水"相依
——2012年（农历壬辰年）
张恨水逝世45年后

根据张恨水先生生前意愿，张恨水先生魂归故里，骨灰安放在安徽省潜山县博物馆"张恨水墓园"内。

10月11日，张恨水骨灰在亲属护送下，从北京抵达家乡安徽省潜山县，敬奉在"张恨水陈列馆"（暂厝）。

10月12日，在安徽省潜山县博物馆"张恨水墓园"内，上午十时，举行张恨水先生骨灰安葬及铜像揭牌仪式。

至此，张恨水先生叶落归根，长眠在故乡的土地上，真正"山"（天柱山）"水"（张恨水）相依。

张恨水长女张明明女士代表亲属
在仪式上的讲话

尊敬的省市县各级领导，潜山县的父老乡亲：

此时此刻，我们张恨水的后人和我自己都非常激动，此时我的激动和感动、感受是难以用语言来表达的，我们今天共同见证了文学历史上非常灿烂的一刻。潜山是个好地方，先父喜爱家乡，他青年时代有个非常好的朋友叫郝耕仁，郝耕仁曾经带他游学，后来他写了一首诗怀念这位伯伯，诗中有些话"江南家住碧萝村，村外丛山绿到门"这是我们的家乡潜山；"一别早忘猿鹤约，十年犹忆水云痕。""风尘只剩贪茶癖"，家父非常喜欢喝茶，"笔砚无从报国恩",可以看出文人对国家的忧虑和爱护。"欲问豪华何处去,半囊故纸葬诗魂",从这首诗里我们可以看出我父亲对家乡的喜爱。今天先父终于回到了故里,与家乡的群山厚土合为一体,这是在省市县各级领导的关怀下,特别是潜山县政府努力、家乡的父老乡亲们努力合作、谅解,和我们这些子女一起完成了先父回归故里的心愿。

当我行走在潜山的梅城以及乡间,我处处感受到了家乡对父亲的热爱。先父长眠在这里,我们这些分居在海外、天涯海角的张氏子孙就和我们潜山结下了骨肉亲情,这墓园、塑像为张恨水文化园提供了温馨而实在的内涵,随着纪念馆的不断充实,园林绿化的逐渐完善,张恨水研究会的迁入,这里会给潜山的乡亲和世界各地的游客提供一个集文化与休闲的好去处。潜山县的历届领导高瞻远瞩,在为天柱山和张恨水正名的理念下,经过三十多年的不断努力,潜山的一山一水,如今珠联璧合。

今后,随着张恨水纪念馆的充实和扩大,还有许多工作要做,我们这些张氏的后人,将会给予大力支持,我们愿意将先父生前一直阅读的2257册的《四库备要》捐赠给博物馆,这套书直到他去世的前一天他还在阅读,还有一套上下两册的《辞海》,也是他生前使用的,同时也捐赠给博物馆。以后,先父可以在这青山绿水、鸟语花香、翠竹环绕的潜山新居继续研读他喜爱的书,吟诗作画。

最后,我代表我们张氏后人再次向省市县各级领导以及潜山县的父老乡亲表示衷心的感谢!

(张明明,张恨水长女,画家,现居美国华盛顿。曾任美国华府书友会、北美华人作家协会华府分会会长,现任中华文化艺术同盟主席)

张恨水原名笔名文化内涵

"热肠双冷眼,无用一书生。谁堪共肝胆,我欲忘姓名。"这是张恨水《记者节作(二首)》一诗的诗句,是张恨水真情的流露,更是张恨水一生创作生涯的生动写照。身为记者,他以如椽之笔创作了包括小说、散文、诗词、楹联、剧本等在内的近三千万字作品,使他以小说家留名后世;他和中国现代文学史上其他作家一样,在他所涉足的新闻与文学等领域,留下了众多笔名。透过这些笔名,我们可以发现其中丰富的文化内涵进而理清张恨水创作思想的轨迹。

一、原名小解

张恨水祖籍安徽省潜山市,1895年5月18日(农历4月24日)出生于江西景德镇,据《张恨水年谱》及《张氏家谱》记载,张恨水的出生,可谓双喜临门:祖父张开甲荣升"参将",父亲张钰对此喜不待言,于是引陶渊明《饮酒二十首并序之五》"心远地自偏"句中"心远"二字,给儿子取名为"心远",取意于"心飞寥廓""心志高远",期望儿子将来有所作为,光耀张氏门庭,寄托了父亲的希望。谱名"芳松",其中"芳"字为张氏家族的辈分,依辈取名是我国古代家族姓氏命名的传统;"松",位于岁寒三友的"松、竹、梅"之首,有高洁、挺拔之势,"芳""松"合璧,具有一种超群脱俗之气。

二、笔名考释

（一）笔名特点

1.笔名数量多。笔者根据张恨水最初署名公开发表的作品统计，在几十年的写作生涯中，张恨水先后使用的笔名有50个。现抄录如下：

（1）1913年，张恨水在"苏州蒙藏垦殖学校"读书期间，将自己写的两篇文言短篇《梅花劫》《旧新娘》，署以"愁花恨水生"的笔名，寄由恽铁樵主编的《小说月报》。未发表。

（2）1914年，张恨水在为武汉汉口某小报投稿时，首次署名"恨水"。

（3）1918年3月，创作的中篇文言言情小说《紫玉成烟》首次署名"张恨水"，在芜湖《皖江日报》副刊连载。

（4）1923年前后，在北平"世界通讯社"为上海《申报》《新闻报》写通讯时首次署名"随波"。

（5）1925年6月3日，杂文《中国人的命每条五十元》首次署名"小记者"，在北平《世界日报》副刊《明珠》发表。

（6）1925年6月26日，杂文《记着今年吃粽子的时候》首次署名"水"，在北平《世界日报》副刊《明珠》发表。

（7）1925年8月7日，杂文《今天下无为而治矣》首次署名"小记者·酸先生合作"，在北平《世界日报》副刊《明珠》发表。

（8）1925年10月16日，杂感《使明珠者必知》首次署名"哀梨"，在北平《世界日报》副刊《明珠》发表。

（9）1925年11月16日，杂文《我们的贡献》首次署名"记者"，在北平《世界日报》副刊《明珠》发表。

（10）1926年3月5日，杂感《二乔与二桥》首次署名"天柱山樵"，在北平《世界日报》副刊《明珠》发表。

（11）1926年5月1日，杂感《旧戏挖苦调人者》首次署名"梨"，在北平《世界晚报》副刊《夜光》发表。

（12）1926年5月1日，杂感《寸铁》首次署名"编者"，在北平《世界晚报》副刊《夜光》发表。

（13）1926年7月7日，杂感《哀梨小月旦之时间问题》首次署名"并剪"，在北平《世界晚报》副刊《夜光》发表。

（14）1926年9月29日，杂感《可怕呀》首次署名"布衣"，在北平《世界晚报》副刊《夜光》发表。

（15）1926年10月14日，散文《忆江西会馆》首次署名"圣吁"，在北平《世界晚报》副刊《夜光》发表。

（16）1926年12月22日，杂文《替古人担忧》首次署名"我"，在北平《世界晚报》副刊《夜光》发表。

（17）1926年12月26日，杂文《小编辑的怨声》首次署名"文丐"，在北平《世界晚报》副刊《夜光》发表。

（18）1927年3月11日，通讯《推荐兽阁教长》首次署名"旧燕"，在北平《世界晚报》副刊《夜光》发表。

（19）1927年7月4日，杂评《〈审头刺汤〉之谬点》首次署名"半瓶"，在北平《世界晚报》副刊《夜光》发表。

（20）1927年7月14日，杂感《又是一个太上纪元》首次署名"百忍"，在北平《世界晚报》副刊《夜光》发表。

（21）1927年9月3日，杂谈《兔儿爷的价值》首次署名"哀"，在北平《世界晚报》副刊《夜光》发表。

（22）1927年9月15日，杂文《好大蚊子》首次署名"恨"，在北平《世界日报》副刊《明珠》发表。

（23）1927年9月22日，杂谈《百忍堂》首次署名"百忍后人"，在北平《世界晚报》副刊《夜光》发表。

（24）1928年4月16日，杂谈《广幽梦影》首次署名"净厂"，在北平《世界晚报》副刊《夜光》发表。

（25）1928年10月3日，杂谈《〈捉放曹〉考略》首次署名"半"，在北平《世界日报》副刊《明珠》发表。

（26）1929年12月22日，杂谈《雪中一碗冷饭买了一个好人》首次署名"在家和尚"，在北平《世界日报》副刊《明珠》发表。

（27）1931年小说《啼笑因缘》出版，序言署名"潜山张恨水"。

（28）1935年10月5日，杂文《小西游记》首次署名"南方张"，在上海《立报》发表。

（29）1935年，杂谈《杨小楼系安徽潜山人》首次署名"我亦潜山人"，在《南京人报》副刊《南华经》发表。

（30）1938年1月21日，杂文《幻想》首次署名"不平"，在重庆《新民报》副刊《最后关头》发表。

（31）1938年7月11日，诗歌《补白诗》首次署名"打油"，在重庆《新民报》副刊《最后关头》发表。

（32）1938年8月19日，杂文《倒转来说就行了》首次署名"小百姓"，在重庆《新民报》副刊《最后关头》发表。

（33）1939年8月24日，诗歌《乡居杂记》首次署名"打油诗人"，在重庆《新民报》副刊《最后关头》发表。

（34）1939年8月30日，杂文《某师长席上除奸》首次署名"潜山人",在重庆《新民报》副刊《最后关头》发表。

(35) 1939年9月15日,杂感《也不》首次署名"油",在重庆《新民报》副刊《最后关头》发表。

(36) 1939年10月20日,杂文《公理战胜坊》首次署名"燕",在重庆《新民报》副刊《最后关头》发表。

(37) 1941年11月3日,杂文《某国太子被胡蝶掌颊》首次署名"大柱",在重庆《新民报晚刊》发表。

(38) 1942年3月21日,杂文《重庆地名入小说》首次署名"东方晦",在重庆《新民报晚刊》副刊发表。

(39) 1943年12月17日,杂文《读书抄》首次署名"樵",在重庆《新民报晚刊》发表。

(40) 1944年11月7日,杂文《家长的苦味》首次署名"於戏",在成都《新民报》发表。

(41) 1946年4月4日,散文《机尾桃花机尾雪》首次署名"北雁",在北平《新民报》副刊《北海》发表。

(42) 1946年4月5日,杂文《川北热凉粉,江东活死人》首次署名"西来客",在北平《新民报》副刊《北海》发表。

(43) 1946年4月17日,杂文《小说的关节炎》首次署名"旧友",在北平《新民报》副刊《北海》发表。

(44) 1946年5月2日,评论《红楼作者之八股》首次署名"编者按",在北平《新民报》副刊《北海》发表。

(45) 1946年5月2日,杂文《理数奇巧》首次署名"江南布衣",在北平《新民报》副刊《北海》发表。

(46) 1946年5月23日,小品《飞机响着过去》首次署名"重庆客",在北平《新民报》副刊《北海》发表。

(47) 1946年5月24日,散文《北平五月》首次署名"行人",在北平《新民报》副刊《北海》发表。

(48) 1947年8月15日,诗歌《今夜来不来》首次署名"打油词人",在北平《新民报》副刊《北海》发表。

(49) "东郭文丐"图章一枚,为抗战期间居住重庆,戏已谑世而取。

(50) "程大老板同乡"印章一枚,为1935年在北京闻知京剧鼻祖程长庚是潜山县西门外人时所刻。

另据张恨水之女张正《张恨水纪传》、台湾学者周锦著《中国现代文学作家本名笔名索引》及董康成、徐传礼著《闲话张恨水》等书统计,尚有:半油,半等,笨伯,灾民,亦梨,瓶,醋,守卒;归燕,报人;天柱峰旧客,天柱山下人,一生不发达的潜山人,大老板同乡,崇公道,藏稗楼主,画卒,逐客,大雨,杏痕,关卒,待漏斋主,梦梦生,三不精(寓琴棋书画四种爱好)。因笔者未查到原文,这里仅录作备考。

2. 涉及创作领域广、时间长、文体多。

张恨水笔名,范围涉及文学创作、新闻写作、文艺(小说、戏剧、电影)评论等领域,文体表现有小说、散文(杂文、杂感、剧评、影评)、诗歌、戏剧等,时间跨度为一九一三年至一九四八年。从中我们可以发现如下特点:张恨水从事小说创作五十年(1913年至1962年),绝大部分用张恨水或恨水署名;诗词散文等使用的笔名最多。从时间上看,有如下规律:

1913年在苏州蒙藏垦殖学校求学期间,练习创作时使用笔名"愁

花恨水生",带有明显的才子佳人色彩;

1915年在汉口小报写稿首次采用"恨水"笔名,其内在含义扩大了,具有一定的社会意义;

1924年前后在北平《世界日报》、《世界晚报》主编《明珠》、《夜光》期间,笔名很多,可以归为四类:哀梨(哀、梨、亦梨),恨水(水),小记者(记者、编者),半瓶(瓶、半);

1928年在北平《益世报》期间,文章多用"恨水"署名;

1932年至1934年在《晶报》发表文章多署名"旧燕""恨水";

1935年《南京人报》的文章除常用笔名之外,还采用笔名"我亦潜山人"等;

1938年至1945年在重庆《新民报》《新民晚报》上发表文章除笔名"恨水"外,常用"不平""守拙""於戏""东方晦""打油""诗人"等;

1946年至1948年北平《新民报》由于抗战的胜利、地点的迁移,此时的笔名多为"西来客""重庆客""江南布衣""打油诗人""旧友""旧燕""北雁"等;

1948年之后,在国内外发表文章均署名"张恨水"。另外,张恨水身为作家,凡是撰写学术性较强的论文,如《小说考微》《文坛撼树录》等均用"恨水""水""编者"等署名,以示严谨。我们从中可以看出,张恨水这一笔名,实际上从二十世纪二十年代起就已经替代了本名张心远。

(二)笔名的文化色彩

1. 寓意深刻——理想与心境的真实写照。

关于笔名,张恨水在《写作生涯回忆》里曾经这样叙述:"本来在垦殖学校作诗的时候,我用了个奇怪的笔名,叫'愁花恨水生'。后来我读李后主的词,有'自是人生长恨水长东'之句,我就断章取义,只用了'恨水'两个字。当年在汉口小报上写稿子,就是这样署名的。用惯了,人家要我写东西,一定就得署名'恨水'。我的本名,反而因此湮没了。名字本来是人一个记号,我也就听其自然。直到现在,许多人对我的笔名,有种种的揣测,尤其是根据《红楼梦》,女人是水做的一说,揣测的最多,其实满不是那回事。"

首先让我们回顾一下张恨水当时的生活状况:1912年,张恨水17岁,秋天其父因急病于南昌去世,经济来源中断,他只得中止学业,出国留学的梦想也随之破灭,举家从南昌迁往潜山;1913年,报考苏州"蒙藏垦殖学校"并被录取,练习写作,将小说文稿投寄上海《小说月报》,得到主编恽铁樵的亲笔回信与鼓励,增强了他小说创作的信心,后学校因故被迫解散,他再次失学,并由家里包办,完成与徐文淑(新娘被调包)的婚姻;1914年,只身到南昌进某补习学堂,补习英语和数学,后到武汉,为汉口某小报补白,署名"恨水"。

从1912年至1915年三年多时间里,张恨水遭遇了家庭的变故和不幸的婚姻,身为长子的他,过早地迈进了社会的大门,义无反顾地承担起了生活的重担。因此,"愁花恨水生"的笔名,表达了他当时感伤的心情以及欲成风流名士的志向。这不仅是张恨水的第一个笔名,而且是奠定他终生笔名"张恨水"的基础。而当他在武汉期间以"恨水"作为笔名,既表达了他丧父失学无业、前途渺茫无望的悲愁,又去掉了风流才子的名士气,并具有一种愤世嫉俗、珍惜光阴的丰富内涵,成为激励自己的座右铭。

张恨水对"恨水"这一笔名非常满意,他后来发表小说均采用这一笔名。他母亲和妻子称他为"恨水",友人称他为"恨水兄",晚辈称他为"恨老""恨水先生",到了二十世纪三四十年代,"张恨水"这个名字几乎家喻户晓、妇孺皆知了,以至于"张恨水"的笔名淹没了原名"张心远"。"张恨水"已经成为报社和出版商的一块金字招牌,从而使笔名具有了一种商业文化价值。

2. 审美情趣——社会和人生的精炼浓缩。

"笔名"这个汉语词汇,在英文中,笔名写作"penname"即"钢笔名字",简译为"笔名"。笔名的定义,是作者发表作品时用的别名,作品是作者劳动的成果,是智慧的结晶。张恨水的笔名既继承了古代文人取别号的传统,又带有深深的时代烙印,表现了他丰厚的知识修养、丰富的人生阅历和审美趣味。

如前所述,张恨水的小说创作多以"张恨水""恨水"署名,除此以外,他在报纸、杂志上发表的诗、词、散文、杂感、随笔、新闻通讯时,根据作品内容表现及编辑报刊的特点,使用一些富有文化特色的笔名,颇耐人寻味。

(1)笔名体现职业身份。如记者、小记者、编者、编者按、报人等。

(2)笔名暗示社会人生。如东方晦、随波、不平、百忍和百忍后人等。

(3)笔名表现生活境况与家世。如布衣、江南布衣等。

(4)笔名突出工作地点的变迁。如旧燕(二次进京时取)、北雁(南迁时取,并著小说《北雁南飞》)、西来客(西北参观归来作)、重庆客(居住重庆时取)。

(5)借笔名戏谑自嘲,幽默风趣。如水、油、半油、二油、打油、打油诗人、半瓶等。

（6）笔名表示兴趣和爱好。如於戏等。

（7）笔名寄托笔下人物。如哀、梨、哀梨、杏痕等均系小说《春明外史》里梨云和杨杏园。

（8）笔名饱含对故国、故乡的眷恋之情。如潜山人、我亦潜山人（居住北京时因遇京剧名生杨小楼而取）、天柱山等。

（9）笔名概括个性和人生理想。如樵等。

（10）信手拈来的笔名。如笨伯、行人等。

3. 文化内蕴——传统与现代的形象展示。

（1）对传统诗词文化的继承与弘扬。

为了阐述的方便，这里试举两例：

其一，是笔名"恨水"产生的前因后果。如前所述，此笔名取自南唐后主李煜的词《乌夜啼》"自是人生常恨水长东"句，将原句的愁思之情予以延伸，赋予珍惜时间的自勉和愤世嫉俗的激愤的现代含义。应该说明的是，当时社会上有人根据这一笔名产生了许多猜测、编出多种故事，最典型的是"恨水不成冰"之说，为澄清此说，张恨水于1927年1月31日的《世界日报》副刊《明珠》上，以诗《答知一君问——题关于张恨水》作了公开的答复："欠通名字不关渠，下列刘蕡自腹虚。正似一江春水绿，此君有恨恰何如。"刘蕡是唐代富有才学而又怀才不遇的诗人，张恨水在诗里明确表示自己的才学比不上他，然而却与刘蕡有相同的愁和恨，正如一江春水不停地流动，没有尽头。

其二，是笔名"随波"的来源。该笔名系1923年为上海《申报》《新闻报》写通讯时采用，其时张恨水28岁，来北平已经四年，自己称其为"新闻工作的苦力"。家庭生活的重担加上繁重的工作压力,使他在写作过程中借笔名以宣泄自己的思考,因此,他摘取了唐代诗人李商隐的诗:"恨水随波去",表达了张恨水不愿随波逐流,洁身自好、发奋图强。

由此可以看出,张恨水对中国古典诗词有着特殊的偏爱并具有深厚的修养,他的笔名深刻地融入了他当时的心态以及珍惜自我的情操,也正是张恨水这种偏爱和修养厚积而薄发的具体显现。

(2)家族宗祠文化的直接展现。

1927年在《世界晚报》副刊《夜光》发表文章时所署的笔名"百忍""百忍后人",就来自"百忍堂"的故事。1927年9月22日,张恨水在北平《世界晚报》副刊《夜光》发表的杂谈《百忍堂》一文,较详细地叙述了故乡张氏祖先堂上所悬挂的春联以及虔诚膜拜情况:

除夕正午,随家族中人来到祖先堂,一位长辈踏上台阶,仰望着那沾着尘埃的暗红色的旧对联,高声念道"孝友传家书百忍,文章华国鉴千秋"。而后,用柔软干净的毛巾,轻轻扑打着尘土,似要用这种虔诚的态度,告诫后辈们牢记"百忍堂"的遗风。然后又来到堂屋,堂屋的门联是:"欲知世味须尝胆,不识人情且看花。"

其事、其联、其人、其名具体透示了张恨水对家族宗祠文化的推崇与怀念。

(3)儒家传统文化的现代反思。

这种借笔名反思儒家传统文化,一方面体现在对故乡山川风物、人文景观的眷恋和景仰。如天柱（故乡的名山）、天柱山樵，潜山人、我亦潜山人，程大老板同乡等，其中不仅蕴含着他一以贯之的平民意识和民间立场，而且表现了他对故乡京剧鼻祖程长庚的热爱、景慕之情。正如张恨水1960年所写《元旦示诸儿》诗，其中"涉园须解怜花草，敬祖才能爱国家"句包含的深切内涵——热爱祖国必须首先热爱祖国山川、敬爱祖先、珍视先辈们创造的优秀文化这一朴素的道理。另一方面，表现为对儒家传统文化安身立命、忧国忧民思想的思考和践行。如笔名"樵""天柱山樵"，较真切地体现了张恨水的情操、个性与理想，他把自己从事的新闻事业幻化为樵夫，来自天柱山的樵夫——一名以笔为斧的"樵夫"，一种生命不息、战斗不止的"樵夫"。再如"重庆客""西来客""燕""北雁""不平"等笔名，或借此反映下层人民的苦难，或借此揭露战时官场的腐败，或表现对抗战胜利深层次的思考。

（4）对民族戏剧传统的褒扬。

在张恨水笔名中，有相当一部分与戏剧有关。根据笔者不完全统计，张恨水一生所写杂文、杂感、诗、通讯、杂评、观后感等文章，涉及戏剧的达八十篇之多，至于小说里与戏剧艺术相关的就近十部。如此数量，充分说明了张恨水对戏剧艺术的钟爱。张恨水笔名，如哀、梨、哀梨、程大老板同乡等均显示了他对中国戏剧传统艺术的偏爱之情。

总之，张恨水的笔名，不仅数量众多、内容丰富，而且文化内蕴深刻。从一个侧面反映了张恨水在不同时期的生活、工作和思想状况，印记着张恨水的美学情趣，给予我们以深刻启迪。

《啼笑因缘》面面观
——谢家顺、张纪对话录

（张纪：张恨水之孙，资深媒体人）

张恨水先生创作于二十世纪三十年代的小说《啼笑因缘》，距离今天已九十多年了，其间围绕《啼笑因缘》发生了众多可圈可点的小说故事外的故事，也就是人们常说的"《啼笑因缘》现象"。尤其是随着现代电视传媒的勃兴，使张先生的众多小说搬上了电视荧屏，扩大了张恨水的影响，充分展示了张恨水作品经久不衰的艺术魅力。特别是中央电视台继2003年首播根据张先生小说原著《金粉世家》改编的同名40集电视剧后，2004年再次推出38集电视连续剧《啼笑因缘》。

张纪（以下简称"张"）：《啼笑因缘》是我祖父诸多作品中最受读者关注、社会影响最大的一部小说。二十世纪二十年代，祖父以小说《春明外史》和《金粉世家》奠定了其在北方文学界的地位，但是南方的读者对祖父作品还知之甚少。1929年，应上海《新闻报》副刊《快活林》主编严独鹤之约创作了《啼笑因缘》。该小说从1930年3月17日至11月30日在上海《新闻报》连载，在上海引起了轰动。小说情节虽然曲折，故事却并不复杂，登场人物也不多。通过平民化的阔公子樊家树与大鼓女沈凤喜的爱情悲剧，揭露军阀罪行。因此，这是一部集言情、武侠、社会暴露为一体的小说。原书22回，同年底由上海三友书社印行；1933年应读者要求和友人敦促，抛弃此书"不能续，不必续，也不敢续"的初衷，写出续集8回。

2005年5月，张纪（左）与谢家顺（右）在北京大学。

谢家顺（以下简称"谢"）：《啼笑因缘》曾被改编成多种艺术形式，截至目前，搬上戏剧舞台的有话剧、京剧、越剧、黄梅戏、沪剧、河北梆子、粤剧、评剧、曲剧、大鼓、苏州评弹等；改编成剧本搬上银幕和荧屏的，在大陆、香港、台湾，先后有13次之多。其中以1931年拍电影时的影响最大：当时上海两家大德电影公司——明星公司和大华公司争相拍摄，竟因专有权问题打起了官司，后来经章士钊律师调停，大华停拍，明星赔出一笔款项了事。明星拍了一部长达6集的影片。在沪、穗、港、汉、平各地影院放映，卖座历久不衰。创下了二十世纪中国小说的最高纪录。

一个小说家的一部小说能够受到几代人、无数读者的青睐，其中可供我们思索的东西实在是太多了。

张：是的，《啼笑因缘》发表后的七十多年，其间引起社会这么广泛关注，可以说简直"史无前例"。透过《啼笑因缘》所经历七十载的"风风雨雨"，我们可以看出，凡是表现人类普遍人性、人情的作品，不会因少数人或某些阶级和政治的观点喜好而湮没，相反却会在读者心目中散发出更为夺目的光彩。

谢：《啼笑因缘》之所以产生如此广泛和深远的影响，我想还有重要的原因，这就是小说中蕴含了厚重的文化色彩。首先是市民文化的审美色彩。张恨水把樊家树作为一个理想人物来塑造，极力表现他的平民化特征——结交下层侠客关氏父女，热恋大鼓女沈凤喜，他善良、忠厚并多情，备受"平等博爱"等新思想的影响，处处表现出了不以门第论高低、不因出身分贵贱的平民主义思想，体现出了符合时代潮流的现代性爱意识和现代性道德追求。小说文本在刻画爱情悲剧时，将悲剧置于突然降临的权势摧残之中，将人物内心的痛苦挣扎置于樊家树爱意更深和沈凤喜被迫绝情和沉沦的强烈对比之下，全面展示了爱情悲剧深层的社会环境和人物个体人格方面的原因。

这种文化价值在于挖掘出了小市民阶层的精神创伤，从社会市民文化境遇的高度，把小说中个体人格的社会文化特征与小市民的精神弱点和精神危机紧密结合了起来，将小市民在社会压迫下的复杂内心变化——展现给了读者，为中国现代通俗小说画廊增添了一组形象丰满且极具个性的小市民形象,从而提高了现代通俗小说的审美地位。其次是浓郁的传统文化色彩。青年学子樊家树是一位有传统道德责任感的善良青年,他能将自己的爱恋与承担爱的义务相结合,在具体伦理行为中恪守道德规范,履行道德义务。中国传统的侠义精神在小说文本中也有较为突出的表现——侠女关秀姑是善和正义的化身,这也是小说文本中一个完美的道德典型。而樊家树在沈凤喜及何丽娜之间的爱情选择,恰恰又是温柔淑好的东方文化情调和浪漫纵情的西方文化情调之间的选择——"秀姑"的民间野气,"凤喜"的诗化色彩,"丽娜"的欧化气息,三个人物名字所包含的文化内涵,在小说文本世界里的体现,正是樊家树对关秀姑的心存感激、对沈凤喜的情有独钟以及最终把心灵之舟停泊在何丽娜身边。这种选择是在军阀的蛮横暴虐(文化批判色彩)毁灭了温柔淑好的东方文化情调、浪漫纵情的西方文化情调经过一阵痛苦发泄和调适之后,通过佛学文化的熏陶而终于向东方文化回归,这种回归是一种痛苦的文化蜕变而达到的。另外,中国传统小说的心理描写也对《啼笑因缘》的人物刻画以影响,这也是小说人物之所以感人的重要原因之一。同时,小说的民俗气息也较为浓郁。整部小说活灵活现地展示了老北京的天桥、先农坛、什刹海、北海和西山的风俗景观,这些民俗,与小说故事情节融为一体,成为小说的有机组成部分,对刻画人物、推动故事情节的发展有重要的作用,令人读其文,有卧游其地、身临其境之感。

张:谈到这里,使我想起一段时间以来,有些公开出版物将《啼笑因缘》书名中的"因缘"二字混淆为"姻缘",祖父为何要将小说命名为《啼笑因缘》,他曾在一篇文章中这样解释过:"《啼笑因缘》并不是写婚姻的。而'因缘'二字，本是佛经中的禅语，社会上又把这二字移用，通常多作'机缘'解，意指十分巧合的机会。小说《啼笑因缘》的意思，除了机会、机遇之外，还包含一种因果缘分，这是指社会上各种各样的人，在生活中错综复杂的因果关系，这个关系又让人产生了啼、笑、恩、怨、亲、仇交织的离合。"实际上，祖父是借用佛经用语并将其演化成为文学的内涵来描写社会，来描写人间的悲欢离合、亲仇恩怨和喜怒哀乐。可见其中内涵较深。

谢：其实，相对于张恨水的《春明外史》和《金粉世家》来说，《啼笑因缘》的篇幅不算很长，但就其社会影响和艺术价值而言，确实可以称为张恨水的第一代表作。可以这样说，就个人而言，《啼笑因缘》是张恨水的小说创作达到辉煌的标志；就整个二十世纪中国通俗小说创作而言，由于《啼笑因缘》的出现，可以说它是张恨水打通"雅俗"、打通"南北"的标志。从这一角度来说，《啼笑因缘》的文本意义不言而喻。

2003年春夏之交，中央电视台影视剧频道首播了根据张恨水先生小说《金粉世家》改编的同名电视剧，创下了该年电视剧的收视冠军，获得了巨大成功。而今年中央电视台中国电视剧制作中心等四家单位，根据张恨水小说代表作《啼笑因缘》改编、摄制完成的38集同名电视剧已于2004年4月20日在中央电视台影视剧频道与观众见面。我们能否这样预言：这标志着第三次"张恨水热"的来临？

张：回顾一下祖父二十世纪初开始涉足创作至今的近100年历史，围绕社会各界对祖父作品的反响，你的这一预言，我非常赞同。

二十世纪初,报纸是当时最主要的传媒,报纸成为读者阅读祖父创作的小说文本的重要渠道,其次才是根据小说改编的戏剧和电影。祖父创作《春明外史》《金粉世家》和《啼笑因缘》等小说的20世纪二三十年代,其时在读者和观众中形成的轰动效应,以及文学界评论,应该说是第一次"张恨水热"。其中以"《啼笑因缘》热"为最。

第二次"张恨水热"是二十世纪八九十年代。当时伴随着人们思想观念解放而来的,是人们对祖父及其作品重新认识和评价,使祖父在中国现代文学史书上占有了一席之地。这一热潮着重体现在:一是祖父作品的大量再版,其中以山西北岳文艺出版社出版的《张恨水全集》为代表;二是有关祖父及其作品的学术研究达到了空前繁荣,其中以安徽省张恨水研究会的成立及其召开的五次学术研讨会为标志;三是随着电影、电视音像传媒的兴盛,以电影和电视剧(含戏剧片)为依托,以祖父作品为素材改编的电影和电视剧大量涌现;四是以互联网为载体的祖父小说电子文本的出现。

而你所指的第三次"张恨水热",出现在本世纪之初,应该说是市场化的时代大潮使然,是祖父作品内在艺术魅力的具体表现。这次热潮主要表现在电视艺术界对祖父作品的改编与制作上,准确地说是"荧屏张恨水热",其中以中央电视台电视剧制作中心重磅推出的40集电视剧《金粉世家》和38集电视剧《啼笑因缘》,以及即将推出的根据祖父小说《满江红》《秦淮世家》改编的电视剧《红粉世家》,根据小说《现代青年》改编的电视剧《梦幻天堂》,根据同名小说改编的电视剧《纸醉金迷》等影响为最。尤其值得一

根据张恨水小说《现代青年》改编的30集电视剧《梦幻天堂》

提的是，因这些电视剧的播出而形成了祖父作品出版热——因电视剧而使观众转向对小说原著文本的阅读需求。

谢：其实，我们这里所谈张恨水作品与影视剧的关系，是社会发展的必然，是现代社会人们欣赏趣味、阅读期待逐渐趋向多元化的结果。小说《啼笑因缘》与影视剧的关系就是一个很好的证明。

时下人们普遍感到可供阅读的经典作品越来越少，荧屏上警匪片、历史片过于泛滥，因此，此时出现"经典名著改编热"就势必成为了一种必然。

张：你对这种"经典名著改编热"现象的分析很透彻，说到这一热潮，中国现代文学史上，一部作品被搬上戏剧舞台和银幕、荧屏，次数多，而且艺术样式多样，可以说《啼笑因缘》是唯一的。在小说《啼笑因缘》产生后70多年时间里，其间尽管经过时代变幻和时间淘洗，依然为导演们、演员们所钟爱，其中的意义很深刻。

有的翻拍作品甚至和原作一样成为了经典，为广大观众所喜爱。

谢： 谈到《啼笑因缘》影视剧的经典。首先是戏剧经典。戏剧，由于受"三一律"的限制，因此，它在改编这部小说时，也就必然遵守着小说原著的基本情节。无论是舞台剧、戏剧电视音乐剧，还是话剧、京剧、越剧、黄梅戏、沪剧、河北梆子、粤剧、评剧、曲剧、大鼓和苏州评弹，均以各自不同的艺术形式将小说《啼笑因缘》搬上了戏剧舞台，展示了小说的艺术魅力。有些戏剧多次获奖并已成为该剧种的保留剧目，历演不衰。可以说这些剧目部部是经典——既拥有属于自己的观众，又使它们的演出成就了一批批戏剧演员，感染着一代又一代戏剧观众，让小说以舞台这一传统形式得以传播，扩大了小说的影响。

其次是电影经典。让我们先列举一下以《啼笑因缘》小说文本改编拍摄的电影名字——（1）1932年6月首映，上海明星电影公司出品，严独鹤、张石川编剧，胡蝶、夏配珍、郑小秋等主演的6集同名电影《啼笑因缘》；（2）1945年，由李丽华、孙敏主演的同名电影上映；（3）1956年，香港拍摄粤语电影《啼笑因缘》，由梅琦、张瑛和吴楚帆主演；（4）1965年，由《啼笑因缘》小说改编的电影《京华烟云》上映，该片由葛兰、赵雷主演，香港电懋公司摄制；（5）1965年，邵氏影业公司将小说《啼笑因缘》改编成电影《故都春梦》，该片由李丽华、关山和凌波主演；（6）另有粤语电影《啼笑因缘》，由张活游、白燕主演，拍摄年代不详。

以上六部电影中，以1932年拍摄的《啼笑因缘》最为有名，之所以如此，首先它是我国第一部有部分彩色的电影；其次是明星电影公司和大华电影社的一场"啼笑"官司；第三是上海明星公司拍摄的外景在北平，与小说原著描写的场景吻合，且有小说作者张恨水和演员座谈小说的时代背景和人物塑造；第四是电影的主演胡蝶，一人兼演了沈凤喜、何丽娜两个相同墨阳而性格不同的角色，成功地把凤喜、家树与刘将军之间的复杂情感刻画得恰到好处，胡蝶的魅力在当时可谓独一无二。因此，我们称这部电影为经典，一点也不过。

最后是电视剧经典。在我国，电视剧是伴随着电视传媒的勃兴而兴起的。从20世纪70年代至今，先后共有7部根据《啼笑因缘》小说改编拍摄的电视剧——（1）1974年，香港拍摄根据《啼笑因缘》小说改编的电视剧《啼笑因缘》，该剧由李司琪主演；（2）1987年6月，香港亚洲电视台拍摄25集粤语电视连续剧《啼笑因缘》，该剧由米雪、刘松仁、苗可秀主演；（3）1987年，安徽电影家协会与内蒙古电视台联合摄制10集电视剧《啼笑因缘》，由王惠、孙家馨、李克纯主演，成为第一部国产市场化的电视剧；（4）1987年，天津电视台拍摄了由魏喜奎主演的四集曲剧电视剧《啼笑因缘》；（5）1989年，中央电视台与安徽电视台联合摄制完成12集黄梅戏音乐电视剧《啼笑因缘》，由周莉、张弓和汪静领衔主演，该片曾获得全国第19届电视剧《飞天奖》三等奖及第17届《大众电视》"金鹰奖"最佳戏曲片奖；（7）2004年4月，中央电视台等四家单位联合摄制的38集电视连续剧《啼笑因缘》播出。

张：上述7部电视剧中，李司琪主演的《啼笑因缘》以一首经典金曲"为怕哥你变心，情人泪满襟……"永远地留在了那一代影迷的记忆中；米雪、刘松仁主演的《啼笑因缘》出现于20世纪80

年代香港工业急速发展时期,当人们认为纯洁爱情已不存在的时候,米雪所演绎的善良纯真而又清丽脱俗的穷家少女凤喜出现了,重新唤起了人们对纯洁爱情的向往与追求。而剧中的那首主题曲《情缘》在留给观众一种凄美感受的同时,也使这首主题曲成为香港乐坛发展史上第一首粤语电视剧主题曲,从而掀起了粤语流行曲的热潮。而魏喜奎主演的曲剧《啼笑因缘》,因她本人就是大鼓演员,小说中描写的天桥,是曲剧演员熟悉的,又是演员曾经生活过的地方,所以她演起沈凤喜来,可谓得心应手,将沈凤喜的形象刻画得细致入微。

应该说,这7部电视剧所展示的剧情各有千秋。而央视版38集电视剧根据电视艺术表现需要,在基本维持小说原著基本故事情节与主题的前提下,并为适应新、老观众的需要,对剧情的细节进行了比较大胆的发挥。与小说原著比较,对沈凤喜、樊家树爱情的坚贞以及对恶势力的抗争有所加强;将爱国情感糅合进了整个剧情发展之中,而且为了这一表现的需要,加进了陶屹如,并且把小说前"文"后"武"的结构变成了以武贯穿始终;对小说的开放式结尾的人物命运结局作了很大的改动——沈凤喜的病情好转,樊家树从医,何丽娜与沈国英最终结合;为着力表现侠义精神,在剧情中间重新添加了"火车大劫案"的情节;对人物性格的刻画,强化了沈凤喜对大鼓艺术的追求与性格的柔弱,刘德柱的钟情与义气,扩大了何丽娜与雅琴一正一反两个人物的力量,削弱了关秀姑的英气……而小说中樊家树与沈凤喜从相识到相恋过程的精彩描写,电视剧情则变得一览无余。

这就造成了剧情对小说文本所描写人物活动的旧北京风俗景观

和人物的京腔独白等文化内涵缺乏一种深刻展示；为追求矛盾冲突、增加悬念、强化爱国主题，吸引观众，特别是原作者对沈凤喜、何丽娜二人相貌酷似的设置目的，剧中未予以体现，从而忽略了原著中文化底蕴尤其是"因缘"所显示的佛文化底蕴的挖掘；为强调人物形象的深刻，对刘德柱的性格过度地进行了人性化的塑造，从而削弱了批判力。

中央电视台能够再次把祖父的小说《啼笑因缘》搬上荧屏，从影视艺术角度展现小说本身包含的艺术价值，充分表现了当代观众对人性中一种本质内涵与终极意义的追求，也是《啼笑因缘》这部小说具有永恒生命力的体现。从这一点来说，我要对影视剧艺术家们为此所付出的辛勤劳动深表谢意。

【背后故事】

因小说《啼笑因缘》引起的电影"啼笑"官司

1929年春，张恨水应上海《新闻报》副刊《快活林》主编严独鹤之约，创作小说《啼笑因缘》，自1930年3月17日开始在上海《新闻报》副刊《快活林》上连载后，大受欢迎，获得了极大的反响，同年11月30日连载完毕。12月，上海三友书社出版单行本，一时洛阳纸贵，甚至还出现了他人所作的各种版本"续作"，并不断地被改编成评弹、说书、话剧、电影。

1931年，上海电影界一件轰动全国的大事是明星和大华两家电影公司为了争夺《啼笑因缘》的摄制权而对簿公堂。双方的当事人是明星影片公司的张石川、周剑云和大华影片公司的顾无为。明星公司看准《啼笑姻（因）缘》一旦拍成电影，肯定卖座，于是就向张恨水及发行人三友书社洽购版权，签妥合约，立即开镜拍摄。该片主要演员有胡蝶、夏佩珍、郑小秋、萧英、王献斋、严月娴、龚稼农等。影片由严独鹤、张石川改编，并由张石川导演。

不料与明星公司有宿怨的大华电影社顾无为跳出来捣乱，他先弄到了内政部注册的剧本摄制权，甚至双方先后动用了上海滩黄金荣、杜月笙力量，最终明星公司请章士钊律师出面调停，双方才得以和解，大华电影公司将内政部登记的摄制许可权照让给明星公司，明星公司则付给大华电影公司约值其原拟制片预算一半的损失费，共十万元。章士钊律师代表明星影片公司声明重映《啼笑姻（因）缘》电影的巨幅广告，刊登在最有影响的《新闻报》和《申报》两大报上。

至此，我国电影史上第一桩版权诉讼案圆满解决。

一九三二年六月，明星公司拍摄的《啼笑姻（因）缘》第一集在上海南京大戏院上映。明星公司的《啼笑姻（因）缘》共拍了六集，每集分大小本。其中有六本无声黑白片，两本彩色片，两本有声片，每集自成段。这是我国第一部部分彩色影片，它融合了彩色黑白、有声无声于一炉，别开生面。由张石川导演，胡蝶饰沈凤喜，郑小秋饰樊家树，上映时受到观众空前的欢迎。

附

张恨水小说文化传播学解读

张恨水小说成功地实现了传播，其隐性原因在于准确定位传播者与接受者、立足报纸副刊、引雅入俗，创作出了一种雅俗共赏、富有文化内蕴的小说文本；其显性特征表现为通过现代传媒成功实施了小说文本传播和影视剧传播。张恨水的经验为当代文化传播提供了一个可资借鉴的范本。

张恨水，中国现代文学史一道亮丽的风景——身为新闻记者、编辑的一位全能报人，却以小说闻名于世。他给人们留下的洋洋洒洒三千万言作品，在二十世纪掀起了三次"张恨水热"——他的小说一版再版，有的甚至达到20余次，在海内外广泛流传；他的多部小说被改编成影视剧，仅《啼笑因缘》一部就有十多种戏曲样式传播；他本人及其作品也曾引起了中外学术界的争议，是非褒贬之中，更使其散发出了夺目的光彩……形成了独特的文学景观。因此，他是一位真正意义上的"国内唯一妇孺皆知的老作家"。（老舍语）从文化传播学的角度来阐释这一现象，不仅可以拓宽张恨水研究的领域和学术视野，而且可以为当今的文学创作提供可资借鉴的内容。

一、张恨水小说传播的隐性要素

文化传播是人类借助一定的传播媒介交流文化信息的活动，传播者、传播内容、传播媒介、传播对象和传播效果等构成了文化传播活动最基本的要素。据此,美国传播学家哈罗德·拉斯维尔将文化传播过程概括为"五W"模式,即传播者—讯息—媒介—接受者—效果,这一过程,简单地说就是:谁通过什么渠道给谁说了什么,取得了什么效果。[1]

用文化传播学的原理来观照张恨水的小说创作,从某种意义上说来,其本身就是与传播媒体的繁荣发展紧密相连,是文化传播与文学创作完美结合的成功范例。

(一)传播者与接受者:张恨水的准确定位

在文化传播活动中,传播者是传播活动的施动者,是文化传播的首要因素,在具体文学传播过程中,作者就是传播活动时信息的发布者;而接受者却是传播活动的受动者,是信息传播的接受者。在文学传播时,传播者必须把握传播的主动权。张恨水深谙此理,并进而对自己的小说创作进行了准确定位。

1. 创作文体定位。张恨水所处的时代是中国文化向现代转型的关键时期,旧有的文化秩序尚未被打破,而新的秩序还未完全建立。面对这种新旧文化交替、碰撞的时代,张恨水从当时读者接受心理入手,清楚地看到"天下之文心少而里耳多"。"五四"新文学虽高蹈前行却造成了革命文学与读者之间的"传递断层"。他说:"我觉得章回小说,不尽是可遗弃的东西,不然,《红楼梦》《水浒传》何以成为世界名著呢?自然,章回小说,有其缺点存在,但这个缺点,不是无可挽救的(挽救的当然不是我)。而新派小说,虽一切前进,而文法上的组织,非习惯读中国书、说中国话的普通民众所能接受。

---

[1] 马永强:《文化传播与现代中国文学》,安徽大学出版社,2003年1月第1版。

正如雅颂之诗,高则高矣,美则美矣,而匹夫匹妇对之莫名其妙。我们没有理由遗弃这一班人,也无法把西洋文法组织的文字,硬灌入这一批人的脑袋。窃不自量,我愿为这班人工作。有人说,中国旧章回小说,浩如烟海,尽够这班人享受的了,何劳你再去多事?但这里有个问题,那浩如烟海的东西,他不是现代的反映,那班人需要一点写现代事物的小说,他们从何觅取呢?大家若都鄙弃章回小说而不为,让这班人永远去看侠客口中吐白光,才子中状元,佳人后花园私订终身的故事,拿笔杆的人,似乎要负一点责任。我非大言不惭,能负这个责任,可是不妨抛砖引玉(抛砖甚多,而玉始终未出,这是不才得享微名的原故),让我来试一试,而旧章回小说,可以改良的办法,也不妨试一试。"[1] 张恨水的这段话向我们告知了他选择章回体进行一种民族化的改良式创作道路的原因。从文化接受的角度来说,张恨水承担起了这个担子。

因此,张恨水在20世纪二三十年代便致力于改良章回小说,以社会言情作为自己小说创作的主要内容。他继承和发扬我国古典小说的艺术经验,坚主民主化和平民意识,在现实主义的创作方法上,在小说的故事性、趣味性上,在小说叙述结构及叙述语言吸纳感都充分体现了民族化的特点和通俗文学的审美规范;他改良旧章回体——逐渐抛弃旧章回小说穿插韵文的套路而改用纯白话语言,抛弃那种粗线条勾勒人物的形象和白描式叙述方法而对人物形象精雕细刻,并穿插其大量的心理活动,以景物描写暗示人物命运;他吸收电影、戏剧塑造人物形象的优点将其融进自己小说创作,尤其

---

[1] 张恨水:《总答谢——并自我检讨》,载1944年5月20日—5月22日重庆《新民报》。

是对北京、南京、重庆、安徽等地风土人情的详细描述，使小说的艺术画面更为清晰、丰厚，从而增强了故事中人物的立体感和历史的厚重感。如《春明外史》除了题材为人关注外，"另有一件事为人所喜于讨论的，就是小说回目的构制。因为我自小就是个弄词章的人，对中国许多旧小说回目的随便安顿，向来就不同意。既到了我自己写小说，我一定要把它写得美善工整些。所以每回的回目，都很经一番研究……这样，每个回目的写出，倒是能博得读者推敲的。可是我自己就太苦了，往往两个回目，费去我一、二个小时的工夫，还安置不妥当。"[1] 在这种非常认真的民族化创作态度下而融汇中西小说和其他艺术门类的现代章回小说，通过现代传媒的传播，使张恨水赢得了广泛的读者，以致于有了众多的"《金粉世家》迷"、"《啼笑因缘》迷"。

2. 创作内容、欣赏趣味的互通。作家创作的作品，要获得读者的喜爱，必须把握读者的阅读心理和欣赏趣味，使读者在心灵上产生共鸣。在张恨水的小说中，主人公有情操高尚、生不逢时的知识分子，如《春明外史》中的杨杏园；有为争取婚姻自主而斗争的青年男女，如《天河配》中的桂英与玉和；有收入微薄、古道热肠的小手工业者、小本商人，如《夜深沉》中的丁二和；有靠出卖色艺谋生的戏子、妓女，如《春明外史》中的众女子；有生存无计、被金钱权势所奴役的灵魂，如《啼笑因缘》中的沈凤喜……对于这些鲜活的下层人物群体，张恨水没有采取新文学作家那种从时代的高度去解剖社会人生，给主人公指出一条光明大道，而是立足于当时市民阶层生活，从道德的角度、用同情的笔触，描写了他们生存的艰难，反映了他们善良而美好

---

[1] 张恨水：《写作生涯回忆》，第35页、第126页，第53页，北岳文艺出版社，1993年1月第1版。

的愿望、对正义和进步的追求和对黑暗势力的反抗。

因此,他在表达这些内容时,非常注重迎合读者的欣赏情趣,并由此调整自己的小说创作思路。所以《啼笑因缘》的创作,就是对当时上海读者的欣赏趣味进行分析后而调整创作思路的,张恨水在谈到这部小说产生过程时,曾这样说:"在那几年间,上海洋场章回小说,走着两条路子,一是肉感的,一条是武侠而神怪的,《啼笑因缘》,完全和这两种不同。"① 在这部小说里,语言生动活泼、诙谐幽默,口语画地方色彩浓郁,并时而伴有强烈的喜剧性,使读者读来轻松自如,妙趣横生;还能够成功地烘托出各种生活环境的气氛,主人公的心理活动、语言乃至行动非常切合自己的身份、心态和性格。他除了在创作实践中体现外,还注意读者大众接受,对当时文坛上流行的欧化语言及抗战八股进行了强烈的批评:"现在又有许多人在讨论通俗文字运动。我以为文人不能把欧化这个成见牺牲,无论如何运动,这条路是走不通的……假如欧化文字,民众能接受的话,就欧化好了,文艺有什么一定的型式?为什么硬要汉化?可是,无如这欧化文字,却是普通民众接受智识的一道铁关。他们宁可设法花钱买文语

《天河配》

---

① 张恨水:《写作生涯回忆》,第35页、第126页,第53页,北岳文艺出版社,1993年1月第1版。

相杂的《三国演义》看,而不看白送的欧化名著。"① 可见,张恨水创作时心中始终有一个"隐形读者"存在,这就是读者大众。对他们的阅读状况十分熟悉,并设身处地为其创作,是张恨水走上现实主义创作道路并受读者欢迎的关键所在。

3. 保质高效、读者至上的创作态度。张恨水始终把读者放在第一位,他曾先后两次对大众阅读的情况进行了调查。一次是书摊调查。他的《在书摊上想起》一文中描述了当时各阶层读者的阅读状况:"据我所知,汉口、广州、长沙、西安、重庆……这些都市里,每个卖杂志的店中,是终日里挤满了人,在那里搜寻战时读物。将这些人加以分析,学生为多数。此外是公务员、军人、记者、少数商人。农工可以说是没有……由此,可以证明以下三点:(一)学生如何需要战时知识,而缺这项教育。(二)文字宣传,还不能到农工里面去。(三)知识分子,抗战情绪相当浓厚。"② 除此之外,张恨水还亲自下乡赶场调查农民的阅读状况。"我们试到郊外去赶两回场,就可以看见那书摊上,或背竹架挂着卖的,百分之八十还是那些木刻小唱本。此外是三百千、六言杂字、玉匣记(一种查宿的迷信书)、四书、增广贤文,如是而已。至多带上一两部《三国演义》或《水浒传》《征东》《征西》等章回小说,那已经是伟大的书摊子了。如此供应着,可以知道乡下人在弄什么文艺。"③ 正是在对读者大众阅读状况全面调查了解的基础上,来调整自己的创

---

① 张恨水:《通俗文的一道铁关》,载 1942 年 12 月 9 日重庆《新民报》。
② 张恨水:载 1938 年 3 月 30 日重庆《新民报》副刊《最后关头》。
③ 张恨水:载 1944 年 4 月 11 日重庆《新民报》专栏《上下古今谈》。

作:"从遥远的过程,迂徐而踏地,走向现实主义道路"[①]。应该说,这与他熟悉读者、设身处地为读者创作有着直接关系。

张恨水以他的创作实绩,不仅给广大读者提供着丰富的社会信息,而且为社会各式人物提供了广阔的心灵栖息地。他曾在《忙的苦恼中》记录了这样的事实:"当时,我给《世界日报》写完《金粉世家》,给沈阳《新民报》写《黄金时代》,整理《金粉世家》旧稿分给沈阳东三省《民报》转载。而朋友们的特约,还是接踵不断,又把《黄金时代》,改名为《似水流年》,让《旅行杂志》转载。"[②]张恨水以其令人难以置信的高产,同时又以其几乎是全景式的社会画卷,使他赢得了"中国的巴尔扎克"的美誉。许多重要的历史事件,如南京大屠杀,在他的小说中都有记录;不同阶层不同身份的各色人物在他的小说里均能找到"对应之我";许多读者在"愤政治之压制""痛社会之混浊""哀婚姻之不自由"中获得了心理平衡……使得他的小说更加深入人心,读者的覆盖面进一步扩大,也使其小说的市场触角获得了全方位、多领域的延伸和拓展。

为确保自己的小说与读者准时见面,他诚信守时,与编、读之间形成高度的默契,四十年如一日,均遵循这一原则,充分表明了他诚信守时的服务意识和对于读者的忠实态度。张恨水在《春明外史·后序》中说:"予之为此书也,初非有意问世,顾事业逼迫之,友朋敦促之,乃日为数百言,发表于《世界晚报》之'夜光'。自十三年以至于今日,除一集结束间,停顿经月外,余则非万不得已,

---

[①] 张恨水:载1941年5月16日重庆《新华日报》。
[②] 张恨水:《写作生涯回忆》,第35页、第126页,第53页,北岳文艺出版社,1993年1月第1版。

或有要务之羁绊,与夫愁病之延搁,未尝一日而辍笔不书"。① 洋洋八十万言的巨著,历五年之久,能做到"余非万不得已,未尝一日而辍笔",可见张恨水的诚信与守时。

张恨水能恰如其分地处理与读者的关系,而不是一味地去迎合读者。一旦找准读者的阅读趣味,就将自己的道德和忧患意识揉入小说之中,使读者欣赏故事趣味时自然地受到思想意识的熏染。这就是我们经常所说文学作品的"普及"与"提高"。恰如张爱玲所说,"不高不低",是俗文学中的雅文学。

(二)报纸副刊:张恨水辛勤耕耘的主要传播媒体

报纸副刊是中国现代报纸的重要组成部分,它作为现代传媒之一,为中国现代文学的传播提供了一种崭新的传播载体。"中国的文坛和报坛是表姊妹,血缘是很密切的。""一部近代中国文学史,从侧面看去,又正是一部新闻事业发展史。"② 曹先生的此番话清楚地阐明了作家作品传播与报纸的血缘关系。张恨水小说的传播,就是文学与报纸相结合的成功范例。

长期以来,张恨水在人们心目中只是一位通俗小说大家,而对其在新闻上的成就,尤其是新闻记者、编辑工作与他文学创作的关系知之甚少。张恨水自1918年到安徽芜湖《皖江日报》做编辑,正式从事新闻生涯始,直到1948年辞去北平《新民报》所有职务为止,其间,历经报界风雨30年,可谓一位真正意义上的职业报人。

张恨水小说与报纸息息相关,报纸是他小说得以广泛传播的载

---

① 张恨水:《春明外史》,上海世界书局,1928年版。
② 曹聚仁:《文坛五十年》,第8页、第83页,东方出版中心,1997年6月版。

体。在张恨水30年的报人生涯中，他既做过校对、驻京记者、通讯员、助理编辑、编辑，又当过副刊主编、主笔、总编、经理和社长，而支撑点却在报纸副刊。可以说，报纸副刊成就了张恨水的文学事业——既是他进行小说创作的重要园地，又是他小说传播、沟通读者的有效媒体。他曾先后主编过北京的《世界晚报》副刊"夜光"、《世界日报》副刊"明珠"、《新民报》副刊"北海"，上海的《立报》副刊"花果山"，南京的《南京人报》副刊"南华经"，重庆的《新民报》副刊"最后关头"，不仅参与副刊编辑，而且亲自撰写稿件特别是小说连载。张恨水的多数小说都是通过副刊连载与读者见面的，像百万字的《春明外史》和《金粉世家》就分别在《世界晚报》《世界日报》副刊连载达5年之久，获得了巨大成功，使这两部小说成了张恨水的成名作和代表作的同时，也给《世界晚报》和《世界日报》带来了较大的商业利益和社会反响。

究其原因，首先在于他谙熟连载小说单元式次第推出特点，创作时既着眼于单元大局又注重故事的各个环节，使小说的每个单元格均"有戏""有看头"。其次是他善于处理故事各环节的收与放、断与联、小说文本与接受者之间的关系，并在故事内容上注意营造艺术品位——小说人物的诗人气质（如《春明外史》中杨杏园、《巴山夜雨》里李南泉等）、小说回目的精致典雅、小说诗词的诗意以及小说语言的古雅流畅、口语化。

张恨水以他副刊编辑与小说创作的双重丰收，成功地实现了新闻与文学的"嫁接"，为我们的当代文学创作提供了可资借鉴的范例。

（三）引雅入俗、雅俗结合：张恨水小说传播的文化内蕴

张恨水小说的成功传播，除了上述传播者与接受者、传播内容的准确定位及报纸副刊传播媒体的及时传播外，还有就是对传播内容文化内涵的精确把握。他引雅入俗、雅俗结合，小说中蕴含了丰富的文化内涵，在小说的传播过程中产生了广泛而深远的社会影响，其本身已经形成了一种独特的文化现象。

1. 将诗、词、对联融于小说。在张恨水的小说里，诗、词、对联或写景叙事，或独白抒情，或构成小说回目，成为小说故事情节融为一体，共同推动着故事情节的发展，丰富了人物性格，增强了小说的诗意。这在小说《春明外史》中表现得尤其突出。

2. 儒文化。儒家传统文化在张恨水小说里也有鲜明的表现。如《春明外史》《金粉世家》里的杨杏园、李冬青和冷清秋，是道德高尚而又思想守旧的代表；《啼笑因缘》《夜深沉》《丹凤街》中关秀姑、丁二和与童老五，是为正义而牺牲自己的代表；《水浒新传》里的张叔夜，是大仁大义、大智大勇、忧患意识的代表……这些鲜活的人物形象符合读者的阅读期待，为读者所喜欢，显示出了张恨水对重建传统儒家文化的渴望。

3. 民俗文化。张恨水一生历经多个朝代，足迹踏遍江西、安徽、江苏、上海、北京、陕西、重庆、贵州、甘肃、辽宁等大半个中国，出于新闻记者的职业敏感，留心生活、做生活的有心人成了他的一大习惯。因此，凡他足迹所到之处的风俗民情在他小说中均有体现，是人们认识20世纪初中国社会的形象生动的素材，具有极高的民俗学价值。小说《啼笑因缘》中有关老北京天桥的描写便是一个典型例子："《啼笑因缘》却写的是北京，把北京的风物，介绍得活

了。描画天桥,特别生动,直到今天,还有读过这部小说的南方人,到北京来必访天桥。"①

4. 市民文化。张恨水淡泊名利、正直清高,不甘随波沉沦,博学多才,具有重道义,尊传统,通达开放的"双重人格"。尊重新知识,不忘旧道德,又使得其与市民文化自然连接起来,因此,张恨水将自己的创作目标(为下层民众说话)和读者接受(为市民读者服务)对象定位在城市中的市民阶层。张恨水小说的市民文化内涵切中了读者的阅读期待,小说表现的思想易于被读者接受,故事为读者所喜闻乐见,因而,小说里人物形象的人格内涵、情感成分为读者所喜爱。

对于这一现象,孔庆东先生在谈及《啼笑因缘》爱情三模式时,做了如此评价:"在《啼笑因缘》里,张恨水缔造了一个三角恋爱的故事,它之所以能够引起那么大的轰动,是与这一男三女所担负的文化含量有关的。为什么它会吸引大量的男性读者?在这部小说里,三位女性人物沈凤喜、何丽娜、关秀姑分别代表了不同的文化模式,沈凤喜是传统的小鸟伊人式的女孩子,何丽娜是代表社会前沿的时髦女郎,关秀姑是社会中的女强人。这三种类型分别满足男性读者的心理需求,每一个男性读者都可以从这三种女性当中找到自己的情感模式,因此在《啼笑因缘》出版之后,它引起了大量男性读者的关注。为什么《啼笑因缘》也吸引了大量的女性读者呢?在《啼笑因缘》里,樊家树是一个具有中庸之道的好男人,这个角色也满足了不同类型的女孩子的想像。"②从传播学的角度来看,此话可谓一语中的。

---

① 张友鸾:《章回小说大家张恨水》,《新文学史料》,1982年第1期。
② 孔庆东:《〈啼笑因缘〉爱情三模式》,2004年9月29日中央电视台《百家讲坛》。

二、张恨水小说传播的显性特征

文化传播学认为,文学传播与人类总体传播方式一样,也经历了一个由低级到高级、从简单到复杂的动态发展过程,即语言传播、文字传播和音像电子传播三个阶段。张恨水的小说传播过程也不例外,从张恨水1919年3月10日至1919年3月16日在上海《民国日报》上连载发表第一篇文言短篇小说《真假宝玉》起,到1963年的长篇历史连载小说《凤求凰》止,无论生前还是身后,他的小说文本为各种艺术样式所接受,为不同阶层的读者所钟爱,形成了"三次张恨水热",达到了一个新的高峰,创造了一个新的奇迹,成为中国现代文学史上一种独特的文化传播现象。

(一)张恨水小说文本传播特点

张恨水小说文本的创作与传播,是"作家——作品——读者"之间多向信息反馈中,所达到的一种与读者审美思潮变化相适应的和谐,这种和谐使张恨水的小说文本形成特有的魅力。归纳起来,具有如下特点:

1.传播者发布的形式多,发布内容信息大。在近50年的创作生涯里,张恨水为读者创作了报纸连载小说108部(篇),根据出版社约定未连载的长篇小说单行本9部,小说总数量120余部(篇),总字数近2000万字。其中大多数为章回小说,48部为先连载后出小说单行本。

2.再版次数多,延续时间长。张恨水小说流传面非常广,当时就曾遍及海外华人在内的东南亚广大地区,有的小说被翻译为外文在海外流传,至今美国国会图书馆还藏有张恨水小说原著30余部,有些小说多次再版,其中以《啼笑因缘》为最,迄今为止,该小说已出版26次之多。为出版他的《啼笑因缘》，当时《啼笑因缘》在上海《新闻报》连载的时候，《新闻报》的副刊主编严独鹤就赶紧拉了自己两个兄弟，一起办了一个叫"三友书社"的出版社，这个出版社惟一的目的就是出版《啼笑因缘》。他的小说在沉积近一个世纪后的今天，仍然是出版界的长盛不衰的热门选题。仅本世纪初，北岳文艺出版社、贵州人民出版社、中国文联出版社、江苏文艺出版社、东方出版中心、团结出版社或以小说精选，或以世纪精品，分别推出了张恨水的主要小说代表作。如果没有广泛的读者市场，怎能达到如此盛况？

3. 盗版小说的数量多。据董康成、徐传礼不完全统计，日伪时期，上海、北平、天津，特别是东北地区，盗用张恨水名字出版的伪书、半伪书和盗版书40多部，有人甚至公然打着"张恨水书店"招牌开业经营。[①] 另据《啼笑因缘》的续书就有十多种，应读者的强烈要求，写了十回的续，最后让沈凤喜死掉了，以免别的书商又盗版再写。如此大量的盗版现象，从侧面说明了张恨水小说的社会影响之大。

4. 小说创作速度快，种类和样式多。由于新闻记者职业关系，张恨水练就了一手快笔，成为20世纪20年代至40年代全国最受欢迎的报刊专栏小说家，1932年，他在北平《世界日报》连载《金粉世家》的同时，同时在北平的《新晨报》连载《满城风雨》、上海的《红玫瑰》杂志连载《别有天地》、上海的《新闻报》连载《太平花》、上海《晶报》连载《锦片前程》、上海《旅行杂志》连载《似

---

① 董康成、徐传礼：《闲话张恨水》，第232页，黄山书社，1987年12月第1版。

水流年》。此外，还在世界书局出版小说单行本《满江红》。创下了同时创作七部小说的最高记录。

张恨水小说创作的种类和样式也极为丰富。在他的120余部（篇）小说中，样式涉及长篇、中篇、短篇和小小说四种，既有言情小说、国难小说、社会讽刺暴露小说，又有社会伦理小说、历史小说、武侠小说、纪实小说、故事新编以及带有自传性质的自传小说。所有这些，极大地满足了不同文化层次读者的阅读需求和审美期待，得到了读者的普遍认同，具有跨越时空的历史厚重感。

5. 评论界的争议引发了读者的阅读欲。由于张恨水以弘扬传统文化、力主变革旧章回小说为自己的创作己任，走的是一条民族化的小说创作路子。因此，20世纪三四十年代，当新小说作家对通俗小说进行大规模批判的时候，张恨水的小说就首当其冲地受到新文学作家的挞伐，其中以瞿秋白、钱杏邨等为最，由于新小说家的偏见与先入为主，造成了"新小说对通俗小说的批判有着明显的论人不论作品的不良倾向，只要是通俗小说作家创作的作品，不论其价值如何一概予以否定。"[1]因此造成了张恨水长期被人们误解和曲解，甚至嘲讽与批判。正是由于这种争议，才更加使人们对张恨水小说的了解欲望，造就了新一轮张恨水热。

（二）张恨水小说影视剧传播特征

正因为张恨水小说文本所独有的艺术张力和历史厚重感，使其小说保持了较强的市场潜力，使得小说的影视剧传播成为了可能。

戏剧在我国有着悠久的历史，而影视则是继文字、印刷材料后

---

[1] 汤哲声：《中国现代通俗小说流变史》，第28页，重庆出版社，1999年1月第1版。

张恨水小说改编的影视剧

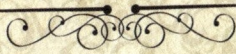

《啼笑因缘》	1. 1932年，胡蝶、郑小秋、夏佩珍主演，同名电影故事片《啼笑因缘》（六集，无声，黑白），明星影片股份有限公司摄制； 2. 1945年，李丽华、孙敏主演，同名电影《啼笑因缘》； 3. 1957年，梅琦、张瑛、吴楚帆主演，同名电影《啼笑因缘》，华侨影片公司； 4. 1965年，葛兰、赵雷主演，电影改名为《京华烟云》； 5. 1965年，李丽华、关山、凌波主演，电影改名为《故都春梦》； 6. 1974年李司琪主演同名电视剧； 7. 井莉、宗华、李菁主演，电影改名为《新啼笑因缘》； 8. 1987年，王惠、孙家馨、李克纯主演，同名电视剧； 9. 1987年，魏喜奎主演，同名曲剧电视剧； 10. 1987年，米雪、苗可秀主演，同名粤语电视剧； 11. 1989年，冯宝宝主演，电视剧改名为《新啼笑因缘》； 12. 1995年，周莉主演，同名黄梅戏电视剧； 13. 2004年，袁立、胡兵主演，同名电视剧。
《金粉世家》	1. 1941年，周曼华主演，同名电影； 2. 1961年，张瑛、白燕、夏萍主演，同名电影，华侨影片公司； 3. 1980年，汪明荃主演，电视剧改名为《京华春梦》； 4. 2003年，董洁、陈坤、刘亦菲主演，同名电视剧。
《秦淮世家》	1. 1940年，周曼华主演，同名电影，导演：张石川，编剧：范烟桥故事片（黑白）。金星影业股份有限公司1940年摄制； 2. 1990年，张伍、张羽军编剧，16集电视连续剧，张继武导演。
《落霞孤鹜》	1. 1932年，胡蝶主演，同名电影，明星影片公司故事片（无声，黑白）； 2. 1961年，张瑛主演，同名电影。
《满江红》	1. 1933年，胡蝶主演，同名电影故事片（黑白），明星影片股份有限公司摄制； 2. 1962年，华侨影片公司； 3. 2004年，佟大为、孙俪主演，电视剧改名为《红粉世家》。
《夜深沉》	1. 1941年，周旋主演，同名电影，导演：张石川，编剧：程小青故事片（黑白）。国华影业公司摄制 2. 1991年，同名电视剧《夜深沉》； 3. 2006年，陶红、何冰主演，同名电视剧。
《纸醉金迷》	1. 1951年，张瑛主演同名电影。 2. 2007年，陈妤、罗海琼、胡可主演，同名电视剧。
《现代青年》	1. 1941年，艺华影业公司拍摄同名电影。 2. 1992年，改编为《秋潮》，编著：张伍；导演：高正，主演：佟瑞欣、村里、王芳； 3. 2008年，明道、李曼主演，电视剧改名为《梦幻天堂》。
《欢喜冤家》	1934年，故事片，天一影片公司（无声黑白）。导演：裘芑香。
《美人恩》	1931年，天一影片公司。
《银汉双星》	1931年，联华影业公司，导演：史东山，故事片（无声，黑白）。
《黄金时代》又名《似水流年》	1. 1934年，改编：张恨水；故事片（无声，黑白）。艺华业业有限公司摄制。导演：卜万苍。 2. 1941年，改编成电影《歧路》，主演：王丹凤。

的本世纪最有影响力的信息传播形式之一。它们与文学有较为密切的关系,从传播学的角度看,小说文本改编成剧本,它对小说的传播仍属于口头传播,影视则属于电子影像传播。这里,我们还是以《啼笑因缘》为例,这部小说曾被改编成多种艺术形式,截至目前,搬上戏剧舞台的有话剧、京剧、越剧、黄梅戏、沪剧、河北梆子、粤剧、评剧、曲剧、大鼓、苏州评弹等,展示了小说的艺术魅力。戏剧,由于受"三一律"的限制,因此,它在改编这部小说时,也就必然遵守着小说原著的基本情节。有些戏剧多次获奖并已成为该剧种的保留剧目,历演不衰。可以说这些剧目部部是经典——既拥有属于自己的观众,又使它们的演出成就了一批批戏剧演员,感染着一代又一代戏剧观众,让小说以舞台这一传统形式得以传播,扩大了小说的影响。

至于《啼笑因缘》改编成剧本搬上银幕和荧屏的,在大陆、香港、台湾,先后有 13 次之多。其中以 1931 年拍电影时的影响最大:当时上海两家大的电影公司——明星公司和大华公司争相拍摄,竟因专有权问题打起了官司,后来经章士钊律师调停,大华停拍,明星赔出一笔款项了事。明星拍了一部长达 6 集的影片,在沪、穗、港、汉、平各地影院放映,卖座历久不衰。创下了二十世纪中国小说的最高纪录。

与此同时,以因特网为载体的张恨水小说电子文本也开始出现。

尤其值得一提的是,因这些影视的传播而形成了张恨水作品出版热——因电视剧而使观众转向对小说原著文本的阅读需求。

究其原因,张恨水小说的影视剧传播,是社会发展的必然,是现代社会人们欣赏趣味、阅读期待逐渐趋向多元化的结果。因为时下人们普遍感到可供阅读的经典作品越来越少,荧屏上警匪片、历史片过于泛滥,因此,张恨水小说所展示的主人公那种"真诚、善良、默默温情、对爱情和美好生活的执着追求以及人际关系的和谐、民风的淳朴"[1]等会使当代读者(观众)倍感亲切。

由于影视媒介的多种表现手法,使得影视剧呈现出现场性和直接性特征。更由于其容量大,构成了影视剧对小说原著的再现和重建两种类型。因此,此时影视剧的改编表现出一种精神的关照和思维的提升,融入了改编者全新的思考。从而使得影视剧时代思想特色和区域文化背景异常鲜明。另外影视剧以自己的魅力将观众重新带向小说文本的阅读,体现出影视剧艺术对普及与传播张恨水小说的功绩。

总之,张恨水以自己的人格和他小说中鲜活的人物、真挚的情感及对人性真诚而热情的探索,在读者心目中树立了一座不朽的艺术丰碑,他的小说文本通过文字、影视和网络传播,他的相当一部分小说已经成为经典,并超越时空而存在,张恨水小说的成功传播,再一次向人们证实了通俗文学的永恒魅力,也为当代的文学传播提供了一个可资借鉴的范本。

(原文刊载于《池州学院学报》2008年第1期)

---

[1] 燕世超:《张恨水论》,第128页,安徽大学出版社,1998年3月第1版。

后记

被老舍誉为"国内唯一妇孺皆知的老作家"张恨水先生，在中国现代文学史上是一个悖论存在者。一方面，他的作品很多，拥有广泛的读者，具有广泛的社会影响；另一方面，文学史没有给其赋予应有的位置，面临着找"地皮"的尴尬。张恨水是一座富矿，以他创作的三千多万字的作品垒起了文学金字塔，但现实中人们对其又有诸多误传，甚至误解。一直以来我想揭开这一"谜团"，因之，20多年前，我萌发了编纂《张恨水年谱》的念头，开启了寻访张恨水生活足迹之路，通过寻访、查阅资料，力求走近张恨水，接近历史真相，还原一个真实的张恨水。

而最能近距离了解张恨水的，除阅读张恨水作品外，就是那些有形的如故居等实体。位于张恨水故里的安徽潜山张恨水纪念馆和故居、江西黎川张恨水旧居即为我们获取张恨水那有形（实物）、无形（文学精神）的一扇窗口。当我们漫步徜徉在张恨水纪念馆与故居之间，张恨水的整体风貌会历历在目呈现于我们脑海，而那些没有或无法呈现的背后故事和真相，则往往被我们所忽略。本书所要表达的宗旨即源于此。感谢中国博物馆协会文学专业委员会和中国书籍出版社精心策划，为本书所提供的出版平台。